山　　海　　经

候人兮猗

阿菩———著　　鹿菏———绘

南方出版传媒
花城出版社
中国·广州

图书在版编目（ＣＩＰ）数据

山海经·候人兮猗 / 阿菩著；鹿菏绘 . -- 广州：
花城出版社，2017.11
ISBN 978-7-5360-8464-3

Ⅰ . ①山… Ⅱ . ①阿… ②鹿… Ⅲ . ①神话—中国—
当代 Ⅳ . ① I277.5

中国版本图书馆 CIP 数据核字 (2017)第 225312号

出 版 人：詹秀敏
策划编辑：张 懿
责任编辑：黎 萍 蔡 宇
技术编辑：薛伟民 凌春梅
封面设计：XXL Studio 张 宇
内文版式：姚 敏

书　　名　山海经 · 候人兮猗
　　　　　SHAN HAI JING HOU REN XI YI
出版发行　花城出版社
　　　　　（广州市环市东路水荫路 11 号）
经　　销　全国新华书店
印　　刷　广东新华印刷有限公司
　　　　　（广东省佛山市南海区盐步河东中心路 23 号）
开　　本　787毫米 ×1092毫米　16开
印　　张　16.25　2插页
字　　数　202,000字
版　　次　2017年 11月第 1版　2017年 11月第 1次印刷
定　　价　56.00元

如发现印装质量问题，请直接与印刷厂联系调换。
购书热线：020-37604658　　37602954
花城出版社网站：http://www.fcph.com.cn

思之念之，
此当告谁？
山海绝唱，
只为君来。

目录

当一个人书写自己历史的时候，

大家不能尽信……

——

阿菩

人是会『骗人』的，

所以……

狐之章壹·天坝

　　春天的夜晚，暴雨暂歇，云层密布，一轮满月从乌云的空隙中露脸，将白天青翠的桑林染成了墨绿色。

　　这里是青丘之国的涂山，我躺在桑树下柔和的草丛上，全身不着一缕。

　　在月光的照耀下，我挺了挺自己高耸的胸脯，舒展了一下修长的四肢，雪白的肌肤就像披了一层华族最美丽的白纱。周围的生灵在歌唱，我能听懂它们的声音，那是对我的赞美：

　　　　孕于朝，生于暮，

　　　　衣以云，浴以雾，

　　　　餐以风，饮以露，

　　　　生灵为伊而歌：

　　　　"那月下的至美——

　　　　是涂山的灵狐。"

我接受它们的礼赞。

随着月光的披洒，我的身体开始异化，体表很快长出了雪一样漂亮的绒毛，双手变成利爪，下肢在月色下伸展着，慢慢地长出了尾巴：一条、两条、三条……九尾！

一翻身，我从一个美丽的人类少女，变成了一头漂亮的白色灵狐。

没错，我不是普通人，作为青丘之国、九尾一族的神女，即使在这个人、神、妖、兽并存的世界上，我的存在也是特殊的——我可以在人与狐之间切换：当我为人时，我是当代涂山氏族长的女儿；当我为狐时，吾族的守护神就会降下神光，让我化身为灵狐。

乌云遮住了月光，我的九条尾巴又慢慢变回一条。

最近连续几天都是风雨交加，上游暴发的洪水让天坝岌岌可危，但同时，今天也是我长出第九条尾巴的大日子。族人除了去抗洪，其他都被母亲派去分守各方——每一次长出新的尾巴，对我来讲都是最虚弱的时刻。

然而怕什么来什么，一股血腥味逼近，一头魔兽出现了。它的身体和狐狸很像，但长着老虎的爪子，还有九个可怕的头！

蛊雕！我们九尾一族的天敌——蛊雕！

它的其中一个脑袋，嘴里还叼着一头浑身浴血的七尾狐狸。那是我的妹妹，她负责守护西北方。

蛊雕一口吐掉了七尾，她跌落在地生死不知。我四足抓地，浑身发抖，不知道是愤怒还是恐惧。

"嘤嘤——"

这个吃人的怪物，却发出婴儿般的声音，然后对着我张开了它的獠牙！我闭上了眼睛，瞑目等死，心里却满是不甘——族人还等着我去救他们，我却要死在这里了。

"嘤嘤——"

预想中的疼痛没有到来，再睁开眼睛，却发现蛊侄悬在空中，主头的脖子被一只结实的大手掐住了。我惊讶地顺着那只手望去，见到了三个青年男子。他们的穿着都很简陋，但个顶个的精神，尤其是为首的那个，一张脸的线条就像雕刻出来的，胸口、肩头、手臂都是虬结的肌肉，那一层旧衣几乎都快包不住他的身体了。

凶猛的蛊侄被那个人掐在手里后，原本庞大的身躯就缩成了一头小猫，不断挣扎，却根本没法摆脱那只手的桎梏！

那只手上，似乎还附着克制妖邪的力量！

我的心忽然跳了起来，青丘之国的男子虽然隽秀却偏柔弱，从没有过这么强悍的男人。他身后还跟着的两个年轻人，都被我忽略掉了，我

山海经·候人兮猗

的眼睛只落在他身上，再也挪不开。

"子契，这是什么？"

"九头九尾，虎爪狐身，应该是蛊侄。"

"蛊侄？这怪物的老巢不是在兔丽之山吗？难道我们走错地方了？这里不是青丘国？"

他挥了挥手，把蛊侄远远地甩开了："滚！"

蛊侄怨恨地看了看我，又看了看他，终究没敢上前，"嘤嘤"低叫一声逃走了。

他忽然朝我俯下身来，向我伸出了手——面对这只一下子能掐住蛊侄咽喉的手，我的心一阵狂跳，这人太强了！我本能地收起了尾巴，做出戒备的姿态，可我也明白，在力量恢复之前，我不是眼前这人的对手。

耳朵痒了痒，竟然是他的手指在我的耳朵上弹了弹，然后哈哈大笑着，转身走了。

我呆住了，都没反应过来发生了什么事情，视力所及就只剩下他们三个的背影了。

七尾的一声呻吟把我唤回神来，我赶紧跑到她身边，她已经奄奄一息。我望向天空发出了一声凄厉的狐啸，啸声中乌云被移开了，月光再次投射到我身上。我的力量在月光中逐渐恢复，尾巴就像昙花在夜里怒放一般，层层分裂绽放成了九条，雪白色的绒毛映射着月亮的光华，全身散发出灵圣的光芒。我能给万物带来生命力，在这片光芒的照耀下，周围的植物都加快生长。我再吐出一口长息，吹在七尾的伤口上，伤口迅速弥合，满身血污渐渐褪去，在几个弹指间七尾就恢复如初。

"啊！姐姐！"七尾跳了起来，"姐姐你的九尾……啊！长出来了！长出来了！太好了！我们族人有救了！"

忽然之间,云层划过几道紫色的闪电,跟着雷声轰隆,大雨滂沱而下!

这雨来得好快好大!几个呼吸间就像泼水一样。

"不好!"我暗中惊呼一声。

天下水患,已经持续了四十年,我青丘国也不例外。三十年前,中原来了一个女人,她用一块息壤堵住了涂山上游的洪水,让我族得到了暂时的安宁,但大雨经年不停,水位不断攀升,那块息壤所生的堤坝也越长越高,久而久之,堤坝竟然长得比涂山还要高,累积下来的洪水变成一个悬在整个青丘国头上的恐怖天湖。息壤的生长总归是有限的,而上游被堵住的水位却一年比一年高。这三十年来,恐怖天湖每一次小崩裂,对我们来说就是一次亡族的危机。

今年开春以后,雨水又多了起来。半个月前,恐怖天湖就濒临全面崩溃,今晚再下这场大雨,只怕堤坝随时都会支持不住!

"七尾,堤坝怎么样了?"

"我来的时候,已经裂了三条裂缝了。娘在作法护堤,但完全挡不住!"

我没心情再问,闪电般向天坝的方向窜了出去,后面七尾也跟了上来,数十个起伏之后终于到达天湖,眼前的景象触目惊心。

高耸入云的堤坝已经裂开了七条裂缝,洪水正从缝隙中泄出,把裂缝冲得越来越大。我的母亲——那位年老的女族长——正带着一群族人在大雨中跳巫舞。巫阵散发出神力,企图堵住缺口,然而只是徒劳。

这些年族人已经尽量往高处迁徙,但再高也高不过被息壤堵起来的洪水。族人又造了大量的船筏,但如果堤防全面崩溃,洪水泼天而下,船筏能否救命也是两说。看着越裂越大的天坝,成千的族人都绝望地哭泣了起来。

我对着月亮,发出了一声长啸,啸声再次驱散乌云,让月光洒在我身上。下面的族人看到了我，几千个声音一起欢呼了起来：

"九尾！九尾！"

"觉醒了！觉醒了！"

"灵狐啸月！"

"我们有救了！我们有救了！"

在族人的欢呼中，我吸纳月亮光华，启用法天象地之神力，越变越高，越变越大。终于，我的身躯长得和天湖一样高，四脚就像四座山峰，钉在天湖旁边，九条尾巴冲天而起，将其中七条堵住了裂缝，延缓了堤坝的崩溃。

母亲看到这一切，也停下了巫舞，朝我吼叫："九尾啊！请祖神降下神力，把天湖给彻底堵上吧！"

母亲的呼喊让我感到责任重大，可我分明感到天坝裂缝传过来的水压比山还重，比天还沉。我会尽力，可我不知道能挡多久。

这时对面山峰传来一个声音："不可以再堵了！总有堵不住的时候！把人救到高处，然后试着破堤泄洪吧！"

我听到这个声音心里一动，望过去——

果然是他！

还有他身后的两个跟班。

我青丘国的男子们，面对滔天洪水没有不仓皇害怕的，他却脸色沉着，专注地盯着壮阔的波澜，眼神里没有一丝慌乱，好像这种事情见得多了。

"不！不！"母亲高叫道，"这是我们的家园，水一放，整个青丘国就没了！"

"人才是最重要的！"他叫道，"水迟早会退去，家园毁了可以再建，但人必须活下来！救人！先救人！"

"天湖比涂山还要高了，哪里还有更高的地方！"母亲怒吼着。

"母亲，我可以把尾巴再长高五百丈，让族人都到我的尾巴上暂避吧！"这是我在以九尾之神躯发出人言，声音尖锐而辽远，连我自己都感到陌生。

"不，不！阿娇，不要听外人胡说八道！"母亲高叫着，"保护家园！保住青丘！九尾啊！你有祖神赐予的神力，你一定做得到的！"

天坝发出一声巨响，又出现了一条裂缝。看到这条裂缝，我知道母亲的想法只怕有些偏执了，祖神赐予的力量是伟大的，但不是万能的。

"神狐！"他在大喊，"看这裂痕，这大坝半个时辰之内就会崩！你得赶紧做出决断！"

他竟然叫我"神狐"？那他知不知道，我就是刚才那头被他弹了耳朵的小狐狸呢？

"你是什么东西！"母亲的声音有些狂躁，"敢对我们青丘国指手画脚！"

但我却已经被他说服了。

我再次啸月，第八条尾巴高高扬起，很快就长得和涂山一样大，扬得比天湖都要高，尾巴上的每一条绒毛，都和人的腰一样粗。

"哇，老大，这头九尾狐好厉害！"发出这等无礼叫喊的不会是我的族人，我一斜首，果然是他的一个跟班。

"别贫嘴了，准备救人！"他说道。

我也对赶到附近的七尾说："妹妹！把人接上来！"

七尾扑上我的第八尾，她的七条尾巴不停长大，垂了下来，变成七条垂天之桥。

"青丘国所有子民，快上来！"我下了命令！

作为觉醒了的九尾的神女，这一刻我的威权在族长之上，母亲也就不再违抗，只是流泪。

青丘国万千族人攀着七尾的尾巴，像蚂蚁一样一个接一个地爬上来。

他也对他的两个跟班说："姬弃[1]，你去帮忙延缓天坝崩裂的时间。子契[2]，你帮忙救行动不便的老弱。"

那个叫姬弃的冲到堤坝下面，他似乎拥有与土石相关的能力，看到有裂缝就冲过去修补，被他触碰过的裂缝都会重新合拢。那个叫子契的年轻人忽而背生双翼，飞腾了起来。我听到了母亲的一声惊呼："玄鸟之翼！"

至于他，那个我至今不知道名字的男子，一双臂膀仿佛有千钧之力。他在人群中急走着，看到老弱就抱起来稳稳地抛向空中，由那个叫子契的伸手抱住，送上我的尾巴。

在死亡的威胁下，大家动作很快。他不但把几百个老弱救了上来，还托上来几十个串成一串的巨大葫芦——那些葫芦储存着粮食，灾难过后，族人必须靠它来度过饥荒。他把葫芦挂在了我的耳朵上，让我的耳朵再次痒痒起来，就像刚才被他弹触了一样。

这个冤家！

"姐姐，这个男人真猛！"七尾用狐语幽幽地说，一双眼睛发着红光。

"发什么春心呢你！"我用狐语斥责，"也不看看现在是什么时候！"

"现在是春天啊，我发春心多正常。再说，姐姐你看他的时候，眼睛比我还红！"

我看他的时候眼睛红了？真的吗？可不能再让人看见了！

啐了七尾一口，我赶紧把头转了过去。

1　姬弃：周王朝始祖，姬姓。擅耕种，因此又名"后稷"，其母踩巨人脚印而生，部分史料误为帝喾之子，但年代不符，按推断应该只是高辛氏分出来的一个边缘部落。由于周王朝的影响，其子孙极多，从周吴郑王、冯陈褚卫到蒋沈韩杨，中国超过一半的姓氏都至少有一派流以姬弃为远祖。

2　子契：商王朝始祖，子姓。从其习俗与图腾推断，应该出自东夷部落，但与帝喾有血缘联系，被部分史料误为帝喾之子，但年代不符合。其子孙后来建立商朝，以玄鸟为图腾。宋、孔、华、林、萧、戴、殷、邓、桓、乐等姓多为其子孙。

在最后一个子民爬上我的尾巴后，我发现母亲还执拗地站在天坝下面，望着即将被淹没的家园流泪。

他过去要扶母亲，母亲却狠狠地甩开他，颤巍巍地自己爬上来。母亲没有说话，但眼神对他充满了厌弃。

他叫道："神狐！可以了！"

我的第九条尾巴一扫，震在倾颓欲崩的堤坝上，轰隆一声，天湖堤坝破了一个大缺口，洪水汹涌而出！我的八条尾巴都伸了出去，死死绑住八座山峰，四脚深深陷入地，在迎面而来的洪水中咬牙屹立，以确保剩下的那条尾巴露出水面。

洪水的冲击来得比我预想中更加猛烈，一股激流冲得我前腿微软，身子稍倾，挂在我耳朵上的那串巨大葫芦被冲飞了出去。

"不！粮食！粮食！"母亲的惊呼带着哭腔。那串葫芦里藏着的粮食，是吾族吾民灾后的生命线啊！

"文命！你干什么！"背生双翼的子契惊叫起来。

惊叫声中，我发现他竟然扑入洪流，抓到了绑着那串葫芦的巨绳，但他本人却被洪水冲走了！

看见这一幕，我的心莫名一揪：他不要命了吗！

幸好，千钧一发之际，子契及时冲了过去，把他从水里捞了出来，我才松了一口气。又一个波浪打来，打散了他们两人抓在一起的手；再一个巨大的浪头冲来，还是把他给卷走了！

"呜——"我着急地发出了狐鸣，但这一刻我却毫无办法！

天色暗了暗，仿佛我内心的绝望。七尾也叫了起来："天啊！怎么办啊，怎么办！"

忽然一只结实的手臂破水而出，抓住了涂山之巅的一块岩石，然后他的头也露出了水面。他另外一只手高举着，这个时候竟然还抓着那串葫芦！

那瞬间我的心高兴得要从口腔里跳出来，尾巴上的子民望见后也都欢呼了起来！不仅是为了失而复得的粮食，更是为这个奋不顾身的英雄！

我无比欢喜，只觉得眼眶热热的，难道是要流泪么？我赶紧转过头去，避免被族人瞧见，却偏偏被七尾看见了。她瞧着我，眼神奇怪。我仿佛被她发现了自己的秘密一样，用狐语骂道："小蹄子，干吗这样看我！"

"姐姐，你看上这个男人了？"

我又一阵尴尬，喷了她一脸，把头转向天空。

"干吗不承认，喜欢就把他娶了吧，有什么好害羞的。我们青丘之国的神女，看上他是他的运气。你若是不要，我可上了。"

我忍不住又喷了她一脸——这个乱嚼舌根的小浪蹄子！

不过……她说得也没错，我是青丘之国的神女，现在又是春天，喜欢就喜欢，有什么好遮掩的？

洪水来得凶猛，去得也快，天湖的水泄了一夜，终于露出了大半个涂山。族人再次通过七尾的尾桥，爬下我的尾巴，去山坡休息。劫后余生让很多人喜极而泣，但家园毁灭又让很多人痛哭流涕。

我也将近精疲力竭了，解了法天象地的神通，变成一头牛般大小，除了第八条尾巴，从头到脚满身都是泥泞。族人向我膜拜，感谢祖神的庇护，然后望向他，眼神里也充满了感激。

这时，他却跳跃着，去到天湖堤坝附近，叫道："姬弃！姬弃！死了没有！"

一个乱石堆炸了开来，他的那个跟班从里面探出了头，满脸泥水："还没死呢，老大，不过差点就完蛋了。"

那男子不再理姬弃，继续走向天坝，伸出了他的手。

"息壤息壤，地精土粹，吾奉母命，敕汝回归！"

他念叨的声音很低，但我天生神耳，还是听见了。

息壤？母命？

一股灵气从他的手散发开来，复又盘绕着他的手，顺着他的手触及天坝。残缺的土石猛然间以难以形容的速度收缩，这道比涂山还高的天湖之堤，在弹指间收缩成了拇指大的一团，被他握在了掌心！

母亲的脸色变了，在他走回来时，厉声喝道："你到底是什么人！为什么能够控制息壤！"

他向母亲行了个礼："劣者文命，奉帝令巡视天下，治理水患，顺便也将散落在各地的息壤收回。"

文命……原来他叫文命。我低着头，记牢了这个名字。

"帝令？你是尧派来的！"母亲的声音又高了起来。

"尧帝早已逝世，且在二十多年前就禅让了天下，如今在位的是舜帝。"

"管你们是尧还是舜！山下的男人，没有好的！中原的天子，更不是什么好东西！"母亲的眼神无比警惕，甚至憎恶，"四十年前，洪水虽然也大，但我们还只是受苦受难。可自从那个女人来后，用息壤把江河的上游一堵，我们就时时刻刻都要面临灭顶之灾！那个女人，就是尧

派来治水的！治水治水！结果越治水越大！你们祸害了我们几十年了！现在还想继续祸害吗？"

文命听到"那个女人"时，脸色一暗，还想说什么，却已经被母亲下了逐客令："滚！滚！我们不需要你们来治水！你们只会越治越糟！"

我想说点什么帮帮他，但在母亲盛怒之下还是忍住了。

他终究还是走了，临离开前朝我这边望了一眼。我的眼睛斜向后山，也不知道他能否理解我的暗示。

外人走后，族人开始收拾残局，母亲让姨妈们从巨大的葫芦里取出一些粮食来，开始生火做饭。到了晚上，所有人都累了，取出稻草席地而卧。我用九条尾巴盘绕着母亲，伺候她睡下，然后收缩身形，窜向后山，收了尾巴，变回人形，在月亮下等待着。一直等到三更天，那熟耳的脚步声响起，跟着是他的声音："狐神，是你么？文命前来赴约。"

他果然明白了我的暗示，这个男人不但勇敢，而且很聪明。

但我没有回答，只是轻轻咳嗽了一声。文命从一块岩石后转过来，看见了我，然后整个人呆住了。

他是个人类，瞳孔不会发红，但我还是在他的眼睛里看到了一团瞬间燃烧起来的烈焰。

禹之章壹·星床

我叫文命，是舜帝派出来治水的臣子之一。

我的母亲因为洪水而死，我朋友的部落都被洪水围困，我师父的教诲更让我明白：洪水不是一家之恨，它是天下所有家庭、所有部落痛苦的根源。

所以十五岁时我进入帝丘，接受了帝命，在舜帝陛下前发下重誓：洪水不退，誓不归家！

从接受帝命以来，十个年头，我的生命就只有一件事情：治水，治水，治水！

除了吃睡，就没有休息，没有闲暇，没有娱乐，甚至没有快乐。我心里只剩下母亲的遗愿，我满脑子想的都是如何治水。

其他的治水大臣也在奔波，东边大水堵东边，西边大水堵西边，可堵了东、西，又决了南、北，洪水的灾难被越堵越重。经过十年的奔波，十年的思索，我心里冒出一个念头：或许应该找另外一条治水的道路，甚至是……反着来？

　　直到这一天我来到青丘之国，那里的天湖在暴雨下变得无比危险，我将这些年的想法第一次在这里验证。这是一次冒险，泄洪之后，尽管青丘之国因此被淹没，但多年的险情却一下子舒缓了，如果事前有更充分的准备，那也许青丘之国都不用被毁——疏导这路子，可能走对了。

　　对此，涂山一族的族长似乎并不领情，幸好，她们的神狐对我青睐有加。在我离开之前，神狐给了我一个眼神，我看懂了。

　　我不知道神狐找我有什么事情，不过它当时的那个眼神让我觉得似曾相识，我决定赴约。

　　当天晚上，我打发了子契和姬弃，自己一个人上山去见神狐。子契有些担心，因为日间救人，我几乎耗尽了力量，但我说没事，天坝的危险都过了，应该不会有什么意外。

　　转过一个山头，看到岩石后依稀有一个影子，然后就听到一声轻轻的咳嗽。这轻轻的一声咳嗽，却让我的心莫名其妙地跳了一下——我从来没听过这么好听的声音，那是神狐的声音么？莫非因为与神界有关，所以有这样的奇妙力量？

　　我转过岩石，然后整个人就失去了控制——眼前没有神狐，只有一个少女，她就这么倚靠在一棵桑树上，似笑非笑地看着我。整个青丘之国在洪水过后一片萎靡，只有她的周围鲜花怒放，青草欣荣，蝴蝶翩翩飞舞，就

好像她的美丽在给周围的草木和动物注入生命力。

我从来没见过这么好看的人。

我不知道说什么，不知道做什么，呆呆地站在那里一动不动。我的样子一定很傻，一定很憨，一定很笨……因为当时我的脑子里一片空白。

忽然有一丝腥味掠过我的鼻端。在我还没想好要说什么时，眼前的美好就被一个家伙给扰乱了。

是蠱侁那头畜生！

我烦躁地伸出手去，就要扣住它的咽喉，这一次我不打算留手了！可手臂伸出去，反而被这畜生撕裂了一道长长的口子！

糟糕！刚才抢险把力量都用尽了！蠱侁乌黑的尾巴扫倒了我，跟着扑向了她。我不顾被兽尾所伤，硬挨了一下，还是冲了过去，电光火石间抱住了她滚出十几步，背部被蠱侁的虎爪给撕开了一道口子！

"你，又救了我一次。"

她低低地说。

什么意思？我救过你么？

她挣扎起来，一个翻身，变成了一头白色的九尾狐狸！

啊！

我瞬间明白了过来，并记起了相关的传说——她就是神狐啊，不，应该说她是能够化身九尾神狐的涂山氏神女。

九尾白狐深吸一口气，就想变大，然而努力过后身形反而缩小了。我明白过来，刚才的救险，她耗的力气比我还大！

蠱侁冷笑着，发出让人发毛的婴儿声，再次扑了过来。

"快回去！向你的族人求救！"我挡在了她面前，勉力掐住蠱侁的一个头，手臂却被它的獠牙咬中，鲜血流了一地。

"不行，族人也没力气打仗了……"她滚倒在地上说，"跟我来。"

她的一条尾巴变长，奋力一甩，把蛊雕暂时甩开了十几步。我趁机摆脱，就看到她缩成一头狸猫大小，向我晃了晃脑袋，向深山窜去。我不等蛊雕再扑过来，想都没想就跟了上去。

前面是娇小灵活的狐狸，后面是险恶的猛兽，树木在两旁不断后退，我们在岩石间不停转折，以躲避背后恶兽的追击，污臭的腥味总是近在咫尺。这一场追逐战让我十几次无限接近死亡。

我的双脚渐觉沉重，前面的她明显也在喘息，身后的风声却越逼越近！

我叫了起来："你快逃，我去把那畜生缠住！"

"不！"她急切地叫道，"再坚持一会儿！到了！"

我奋力一闪，躲开了蛊雕的一个狠命扑击，跟着身子被一条伸张了的尾巴卷住，然后便和她一起冲入了一个绿幽幽的洞穴之中。

蛊雕也冲了进来。洞穴虽深但终有尽头，很快我们就到了底，前面已是岩壁，只有脚下有一个黑幽幽的洞口，发出"呼呼"的声响，仿佛地狱里卷出来的风，不知道里面是什么情况。

"抱紧我！闭气！"

我想也没想就抱住了灵狐。

"跳！"

扑通一声，下面竟然是一条地下河。我怀中毛茸茸的身体，本该干燥温暖，这时却在水底黏合起来，无数绒毛紧紧贴住了我的皮肤。

又是一声水响，蛊雕竟然还跟在后面。

这是涂山下的下水河，水速非常快，地下支流又极其复杂。她控制着九条尾巴，就像驶船舵一样，脚在岩石上一蹬，尾巴往某个方向一摆，掌握着水流，冲向一个狭小的地下河通道。蛊雕的身形太大，卡在了通

道口，终于进不来了。

危险终于过去了。

激荡的水流将我们带离了这条通道，眼前出现一片亮光。我抱着灵狐朝亮光游去，贴着我肌肤的绒毛渐渐退去。我不用看，就知道怀中的她变回了少女。一颗水生种子被她捕捉到，她呵了一口气，水生种子就加速生长。那是一种我不知道名字的水浮草，加速生长之后迅速缠住了我们两个人，连同我们一起，缠成了一艘天然的小船，浮出了水面。

她在我手臂上轻轻呵着气，手指从我的背部抚过，然后我的伤口就迅速愈合。手臂上的伤口比较浅，愈合后一点痕迹都没有，背后的伤口却比较深。她抚摸了一下后说："好像留下了一条很长的疤呢。"

"不要紧，能活下来就是幸事了。"

这时我还抱着她。两个人被水草缠得几乎没法改变姿势，但拥抱她的感觉很舒服，让我不愿意去挣脱水草。

她呢？是已经没了力气，还是也愿意被我抱着？

危机过去了，我们两个人同时长长舒了一口气，心情变得无比轻松，当心情回到周围的世界——

我们这是在做梦么？

我们的上面，我们的下面，竟然有两片星空！

我闭了闭眼睛再睁开，然后才明白这不是梦境。

我和她一起，在被水浮草缠成的一艘小船上，漂浮在一个湖泊中。湖水清澈，上面是暴风雨之后的明亮星空，千千万万点星星在眨眼，湖底长着许多不知名的植物，这些植物在幽暗的夜里也发出了千千万万点光芒，所以乍一看，就像天上是群星，水底也是群星。

"那叫箨草¹，它们的种子能够发光。"

我就这样抱着她，在水浮草里，徜徉在两片星空中间。这个夜晚好静谧，我二十几年的生命里头从未如此放松过。

这一刻，什么治水、什么蠱侄、什么使命、什么恩怨，我忽然间全都忘了。我在沉重的命运河流里头，偷得了半刻的轻松闲暇。

这一刻，我竟冒出一个想法来：就这么抱着她直到天长地久吧，什么也不管了——这个念头只闪现了一弹指就幻灭了，因为我知道，过了今夜，再无可能。

1　箨草：根据《山海经》记载，箨草是一种源自甘枣之山的神奇植物，草本，叶子像杏树，黄色的花，果实狭长而没有隔膜，种子发光，吃了能明目。箨，音"tuō"。

狐之章贰·褪尾

　　星空在上，水流在侧，我匍匐在文命宽阔的胸膛上。我告诉他我叫涂山娇，他告诉我他叫文命。

　　"这我早知道了，"我说，"那你的姓氏是什么呢？"

　　我感觉到他的身体一阵僵硬，竟然没回答我，莫非他没有姓氏么？只有失去部落的贱民或者奴隶才没有姓氏，而他是能够承接帝命的人，怎么可能是没有归属的贱民？也更不可能是奴隶。

　　不过我没再问，他有没有姓氏我都不在乎，我有就行。

　　"文命，"我说，"你嫁给我好不好？那样你就可以跟我姓。"

　　文命惊讶地抬起头，看着我："嫁给你？你们部族……是母系？"

　　我点了点头，心中带着一丝忐忑，也带着一丝警惕："怎么了？你不肯嫁给我么？"

　　记得母亲总是说，山下的男人没有一个好的，难道他……

　　文命把头往水草上一靠。星光越亮，反而显得天空更黑，因为黎明

○三一

近了，月亮又被蒙住。

就在我要忍不住的时候，他终于说："为了你，我愿意的……"但我还没来得及高兴，他又说："但我不能。我不能留下！"

"为什么？"我在他胸膛上撑起了双手，挣断了几条莘草，狠狠地盯着他！

莘草缠成的小船已经漂近岸边，附近的草丛发出微响，我猜是七尾躲在那儿偷听。我身下的这个男人如果敢负我，七尾只怕马上会跳出来把他撕了——嗯，如果她的速度能比我快的话。

"因为……我得治水！"

我呆住了："治……治水？"

"青丘之国离河源这么远，离大海这么近，在洪水的肆虐下也过得这么惨，天下万族，十有八九都被洪水所困。他们的处境，比起青丘之国来更难！"文命说，"我出生的时候，母亲就死了，因为洪水！她死不瞑目，灵魂无法安息，她的声音总在我耳边徘徊不去，要我承继她的遗志继续治水。束发以后，我又承受了帝命，发誓要平息洪灾，所以治水不但是我母亲的遗愿，也是我的责任。"

说到这里，他呼唤我的名字："娇，我喜欢你。这些年来我满脑子里想的都是怎样治水，只有今天晚上，看到你之后我忽然什么都忘记了，什么都不想了……我想天天跟你在一起，可是我不能为了自己一个人的想法，就把这么大的责任抛下，所以我不能留下。"

我的手慢慢软了，脸贴在他的胸口上，听着他的心跳。他的心胸比我想象的还要宽广得多。我们青丘之国的男子，没有一个会把眼光看得这么远。他们会取悦他们的母亲，取悦他们的舅父，取悦他们所喜欢的女性，但不会去想邦国万族的苦难。

文命又抬了抬头，在我的额头上亲了亲，柔声问我："但我真想和你在一起，你能下山陪我么？或者……或者你等我回来。只要治好了洪水，我就回来娶你！"

"不是娶！是嫁！"我抬起头，咬了他的嘴唇一口，掐住他的下巴，一字字说，"按照我们青丘之国的规矩，我下山随你，是你娶，你上山随我，那就是你嫁！"

"好，好，我嫁！我嫁！"文命笑了起来，"等我把洪水治好，我就上山来，嫁给你！"

天亮之后，文命就走了。

我们在后山发生的事情，族人都不知道，除了妹妹七尾。

昨天她偷偷躲在附近，我知道的，但也没揭穿。直到文命离开，她才化成人身，从身后环手抱着我，头抵在我的肩膀上，跟我一起看着文命渐渐远去的背影。

"姐姐，你相信他会回来？"

我没有回答。

文命刚刚离开的时候，我还没觉得什么，毕竟我们只是欢好了一个晚上。但他离开之后，日子就变得一天比一天难过。

族人收拾了洪水过后的废墟，在山坡将村子草草重建了起来，然后母亲就安排了一次相亲——因为我也到了该成婚的年龄了。

我坐在宝座上，青丘之国最英俊的男子站成一排，供我挑选。

他们的皮肤一个赛一个白嫩，他们的五官一个比一个精致，他们看我的眼神充满景仰爱慕。

可是脑子里闪过文命的身影，再看眼前这些漂亮的青年，他们就像稻草扎的那样柔弱。

我要的男人，不是这样的。

我看了母亲一眼，摇了摇头。母亲显得很失望，但也没说什么。

他开始出现在我梦里了。分别的日子越长，他的身影反而越清晰，到后来我连梦都不太敢做，多少个晚上就靠在窗前，看着天上的月亮从初月变成圆月，再从圆月变成残月，听着窗外的风声、雨声，以及生灵们的叹息声。好几次我甚至觉得他就在我的身边，可当我伸手去触摸时，那个幻影却又消失了。

我内心的艰难并未影响到族人的欢乐。

白色的九尾狐，是祥瑞的象征，它能带来物产丰收与子孙兴旺。我化身九尾，让祖神的祝福眷顾这片土地。只几个月工夫，洪水过后的青丘之国就欣欣向荣起来，在这个春天找到伴侣的女性，也全部都有了身孕。我看着她们脸上幸福的神色，心里却酸酸的。

夏至日，母亲给我安排了第二次相亲。看了看眼前这些神情忐忑的美男子们，我再一次摇头。

母亲的眼神开始生出怀疑了。

洪水泄去后的土地，变得异常肥沃，今年的收成前所未有的好。当秋天来到，看着漫山遍野的金黄，我对七尾说："他这次的路子走对了，洪水的确不能用堵的，应该用疏。按照这个办法，也许他真的能把水患给治好。"

七尾却看着河面上我的倒影，里头的我显得有些憔悴："就算路子对了，但要把天下的水患治好，那不是一两年能成的。姐姐，你等不起！"

我的心莫名地一慌，转开目光时，发现不远处母亲凌厉的眼神——她是不是发现什么了？

丰收将到的日子，母亲安排了第三次相亲。这一次不但是青丘国，连周边国族都来了许多青年才俊，但看着我全无表情的脸，母亲的神色变得非常难看。

我纠结着，我徘徊着，终于在某个晚上，我进入到祖神的幻境之中。

在那一片青翠的山林里，一头巨大的九尾白狐盘绕在上方，如同祖母一般慈祥地看着我。

我朝它膜拜："祖神，我该怎么办？我该怎么办？我该去寻找他吗？"

祖神没有直接回答，只是道："听从你自己的心。"

我抚摸了一下自己的心，似乎一下子就找到了答案："可是要这样做，我会让母亲伤心，会让子民失望，甚至还要卸下守护青丘的责任。我这样做难道对吗？"

"母亲是一种牵绊，子民是一种牵绊，责任是一种牵绊。"祖神说，"你心里也很清楚，不管有多少牵绊，都阻止不了你真正的心意。"

"真下了山，如果他不要我，我该怎么办？"

"你会因为害怕未来的难测，而缩回要跨出去的脚么？"

"我……不会！"

"姐姐，瞒不下去了！娘只怕发现了！"房间里，七尾焦急地说，"要不，你就从族人里挑一个吧。"

"我为什么要勉强自己，去跟自己不喜欢的人过日子？"

"可是……可是他一直没消息……"

"他不来，我就去找他！"

"什么？"七尾瞪大了眼睛，几乎不敢相信，"你要下山？难道你

要放弃神女的身份去嫁给他？那可是要把尾巴断掉的！姐姐，你疯了？"

"我没疯。这件事情，我已经想了几十个晚上了。"我摸着七尾的额头，"青丘之国没了我，还有你。妷，你可以代替姐姐，让祖神的祝福继续眷顾这片土地。"

"可是姐姐，褪尾是很痛的。"七尾抱着我，"听长老们说，那就像把皮肉硬生生从身上撕下来！"

"我想，我熬得过去的。"

"姐姐……"七尾把脸贴在我的脸上，怜惜地说，"为一个男人，付出这么多，值得么？"

"值不值得，谁知道呢，我只知道我稀罕上他了。也许……这也是祖神的安排。"

"那……那你下山之后，万一他负心怎么办？"

"负心？"我哼了一声，"他敢！"

秋天快过去了，冬天快来了。

母亲坐在我面前，那张皱皱的脸，黑得就像煳了的锅巴。

我坐在她对面，不敢说话，甚至不敢呼吸。

这一刻我不是神女，只是她的女儿。

"决定了？"她的声音比屋外的夜风还冷。

"决定了。"我的心跳得厉害，声音却一点起伏都没有。

"把九尾还给祖神。"母亲的脸，冷漠得就像一个陌生人，"你不配！"

她说完就要走，才起身，忽然停下，瞪着我。

她尽管刻意冷漠，可我还是从那双眼睛里看到了她的哀伤。我知道如果我现在改口，母亲应该还会原谅我，我差点就心软了。可想想文命，我还是咬着牙，不改口。

母亲的眼神再次凌厉起来，忽然狠狠地扫了我一巴掌，啪！

又一巴掌！啪！

第三巴掌——她终于没打下来……那只手就这么悬在半空。

然后母亲就头也不回地离开了。

我的脸火辣辣的，但这点痛和心里的难受相比根本不值一提。

望着母亲离开的背影，我的眼泪就像决堤的洪水一样，再也拦不住。

我匍匐在地上，但我还是一句话也没有说。

冬天来了，我被带到涂山之巅。我化身为九尾狐，跟着大雪便飘洒而下。

母亲第一个转身离去，连一个转身都带着怒火。

族人们一个个在我身边跪下告别，然后也都离开了。

七尾落在最末，看我最后一眼时，噙着泪水。

雪飘落在我的身上，然后尾巴开始一条一条地断裂——七尾说得没错，那种痛苦，真不是普通人能够忍耐的，是皮肉一块块地被剥掉，是骨头一点点地被敲断！

可比疼痛更难忍耐的，是孤独。

这个冬天，我必须一个人熬过去。

我在为文命断掉尾巴，可他这个时候却不在我的身边。

大雪把我整个身体裹住之后，周围没有一个人，甚至连飞禽走兽都没有。天地间静得没有一丁点声响，只剩下人类看不见的灵，它们在为我歌唱着：

　　伊自埋于雪底，
　　彻骨的冰寒，

百日的窒息。

三月春风再来时，

伊的九尾如水化去。

　　我是一个孤儿，从小无父无母，无依无靠，但我一出娘胎就已经三岁，不再需要哺乳了。有时候天上会有鸟飞过，掉下一个它们衔不住的果子，有时候野外会有虎狼走过，落下它们没吃完的肉块，我就靠着这些食物，一点一点地长大。

　　荒野的生活，孤独而寂寞，但我也没觉得有什么不好，直到有一天天上飞来了一尾白色的鱼，那鱼没有鱼鳞、鱼鳍和鱼嘴，头部却有一个黑点，就像一只黑色的眼睛。我试图触摸它，它却从我的手掌穿过，就像幻影一样。可当它每次游过我的头部时，我的脑袋却就多了一些知识。

　　从那以后我开始学会说话，学会写字，开始懂得天地间的道理，开始懂得人世间的善恶，也开始知道了羞耻，明白我之前过的是野兽一般的生活。于是我用树叶做了一身简陋的衣服遮羞。

　　白色的鱼影教导着我，既像我的父亲，又像我的师父。从白色的鱼影那里，我还知道我所在的这座山叫"羽山"，山下的世界正在饱受洪水的苦难，舜帝正在寻找能够治水的人才。我通过观察，有了自己的一点想法。我想下山去，可不知道为什么，我一直不想离开羽山。这座山给我一种很奇妙的感觉：如果我是一棵树，那羽山下的深渊就有我的根。

直到有一天，天地一暗，太阳被一团黑影一点点地吞没。师父说过，那叫"日食"。

白色的鱼影在日食中消失了，跟着我听见一个女人在深渊里呼喊：孩儿，孩儿！我的孩儿！

我拼命爬到悬崖边，然后在深渊里看到了一个女人的身影！

我从来没见过她，但见到的一瞬间我就认出她来了。

"妈妈，你是我妈妈，对吗？"

昏暗之中，我对着深渊高叫着。

女人的身影却仿佛透明，她发出三种声音来回应我，一呼向天，再叹向地，三怒向人。声音不成语句，但我却明白了她的意思——她要我替她寻回息壤，她要我替她治理洪水，她要我替她报仇！

最后她跟我说：孩子……不要相信任何人！尤其是一直跟在你身边的那个影子！

天地忽然间又回复了光明，日食结束，白色的鱼影回来了。它继续陪伴着我，守护着我，但我却不再像往常一样，什么疑问都跟它说。至少关于母亲的事情，我保留了下来。

人生第一次，我有了秘密。

我就这样继续长大着，直到十五岁这年，按照白色鱼影的教导束起了长发，并给自己起名为"文命"，但我应该姓什么呢？白色鱼影让我自

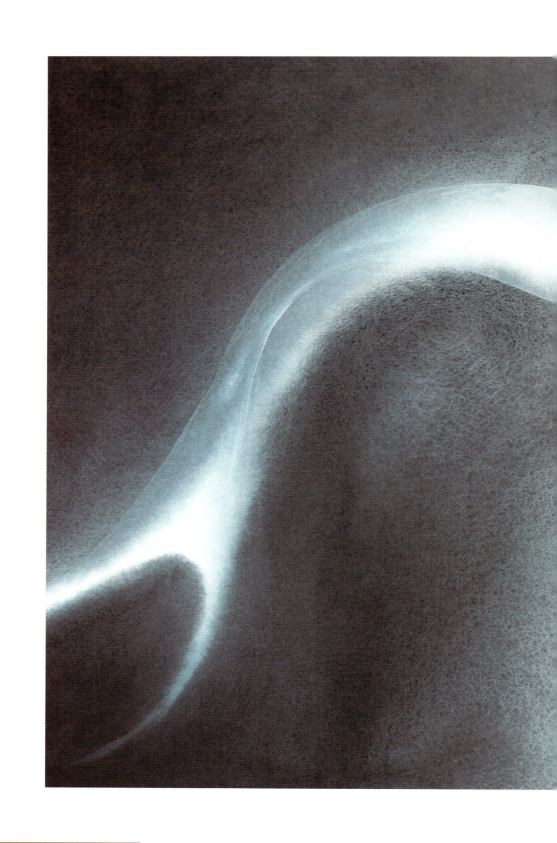

山海经·候人兮猗

己下山去寻找。

当我第一次走到山脚，忽然间身子一颤：那里有一个女人的石像，她卑微地跪在那里，以一种祈求赎罪的姿态。当这个石像和羽渊中母亲的影子重合时，一种不祥的预兆抓住了我的心。

我匆匆离开了羽山，开始游历。下山之后，我才从人们口中得知，羽山是天下人眼中的"禁地"，因为在多年之前，舜帝曾在那里处死了一个祸害天下的女人。

第一次听到这个传言的时候，我忍不住全身发抖。我决定把此前十五年的过往、出生于羽山的事实，当作人生最大的秘密，无论谁都不告诉。

我几个月间就游历了数千里。这期间，下跪的石像一直像一团黑影一样，蒙在我的心头。之后我响应舜帝的号召，加入了治水者的行列。舜帝给了我们两个指令：第一、收回息壤，投入羽渊；第二、治理水患。

这两件事情，十几年来没人能够完成，特别是第一件，因为没人能控制息壤。但我接到任务的第二年，就在历山找到了一块息壤。别人没法控制的息壤，一碰到我，就自然而然地变成一小抔普通的泥土。

由于息壤堵塞江河造成了祸害，所以被所有人看成了"魔物"。大家以为我有能力"净化"息壤上的"魔气"——在周围投来的诧异目光中，甚至有一些人因此把我视为天命之子——要不然，怎么解释只有我一个人做得到这件事情呢？

至于真相，只有我自己知道。他们都以为我把息壤变成了普通泥土，其实我只是暗中将真正的息壤收藏了起来。

我又收回了第二块、第三块、第四块……聚集在我身边的朋友，愿意跟随我的伙伴也越来越多。

一晃十年过去，今天，我又在青丘之国收回一块息壤。入手之后，我异常感触："是最后一块了。"离开涂山后，我不让子契和姬弃跟随，一个人悄悄来到羽山。

路口那个女人的石像，十年来历经风雨。风吹落了一层石皮，雨又为它添了一层青苔。

正好有一群人路过，就在石像附近休息。我缩在一棵大树后面，不敢出声。

人群中有个孩子好奇地望着石像，问大人那是什么。

"那是一个罪人！她把天下害苦了！我们这么惨，全都是拜这个女人所赐！"

老人一边说，一边向石像吐口水。一个半大的孩子甚至脱了裤子，把尿淋在石像上头。

我蹲伏在树枝后面，悲伤地看着这一切，不知是害怕还是怨恨，整个人忍不住发抖起来，抖乱了附近的枝叶。

"啊！熊！有一头熊！"

"黄色的熊！"老人厉声说，"黄色的熊会带来灾祸的！那个女人，也曾经变成黄色的熊！那一定是她的冤魂！"

人群里的青壮年都拿起了趁手的武器，朝着我嘶吼、怒骂。

"滚！滚！"他们大叫，"凶兽滚开，滚开！"

这些人，我一巴掌就能拍死他们，可我不能这么做，那样只会坐实"凶兽"的罪名——被他们驱赶，我也得忍耐。

被他们的武器砸了十几下后，我掉了不少皮毛，悻悻爬向羽山。石像之后就是禁地，没人敢跟上来。

"这头凶兽，果然是那个女人的冤魂！"

背后的声音渐渐被我甩远了，那白色鱼影却忽然出现，跟着我。我在山上绕着圈子，一直绕到一片乌云飘过来遮住了阳光——经过这些年

我早就知道，只有在太阳底下，白色鱼影才会出现。

这些年我心里一直把白色鱼影当作我的师父，可母亲的告诫让我对它隐瞒了此事，这让我一直有些愧疚。

白色鱼影慢慢消失后，我才独自向最高处爬去，转向那个令人哀伤的悬崖。

妈妈，妈妈——

我想叫，可发出来的声音却变成野兽的吼。

我把最后一块息壤投了下去，一股黑气从羽渊升起，一时间风雨交加、雷电大作，亡灵之声在呼喊着。没人听得懂来自死亡世界的韵律，但我听懂了。

"妈妈，你的第一个心愿，我替你完成了。第二个，第三个，也快了。"

风雨雷电中，我躺在悬崖上，爪子摸在脸上，发现不知什么时候已经变成了人手，脸都是湿的，也不知道是泪水，还是雨水。

这样的经历，已经有过十几次；这样的日子，已经持续了十年。

在山下的时候，我没觉得难过，因为有朋友，可每逢这个时候，我就感到异常孤独。身边没有一个人，能让我跟他分享我的秘密、我的痛苦，还有我的渴盼。

忽然之间，我心里闪过一个美丽的影子。

她是那么漂亮，无论是作为人的时候，还是变成狐的时候，都是又温柔，又强大。

我想起了在涂山时，和她度过的那个晚上，我第一次忘记了所有背负着的东西。如果生命剩余的日子都是那么安宁、轻松，那该多好……

可是不行。

想起二十几年来的种种，我把回涂山找她的欲念强行压下来了。

我肩头上，不止有治水的重任，还有母亲的仇恨。前者重大，后者危险。

我不能把她拖下水来——至少在这两件事情完成之前，我不能！

狐之章叁·寻夫

一个冬天过去，我失去了我的家庭，我的部落，我的子民。

我甚至失去了我的神通。

从涂山走下来的那一刻，我真是空荡荡一无所有，赤着脚艰辛地走在泥泞的道路上，偶尔凸起的石子硌得我脚疼，以前几个纵跃就能到达的距离，现在却要走半天。脚底的疼痛，让我心里忍不住冒出了七尾的那句话来："值得吗？"

但我很快就把这个念头驱逐了出去，我没有退路了，只能向前，去找他！

我甚至还不知道他在哪里，但我想，他在治水，那我就往水患最严重的地方走去，总能找得到他。

在即将走出青丘之国地界的时候，脚下无路，全都是水，我有些仓皇了。

"先做一排竹筏吧。"可是以前只要我爪子一挥就能劈下的竹子，现在却怎么掰也掰不断。

"姐姐，你在做什么？"

一阵旋风刮过，天上飞下来一头极其漂亮的神兽。它雀头鹿身，背生双翼，蛇尾豹纹。

"弟弟，你怎么来了？"

神兽四脚着陆，变成个脸颊婴儿肥还未褪尽的小青年。他是伯翳[1]，风之骄子，飞廉一族最杰出的少年天才。飞廉[2]一族和我们九尾一族是世交，我们又性情相投，小时候经常在一起玩儿，比亲姐弟还亲。

"我……想做一排竹筏。"

伯翳又变成飞廉，翅膀一振，呼啦一声刮起一阵风，竹子就被风刃刮满了一地。

"我从七尾姐姐那里听说你的事情了。"母亲恼恨我的选择，七尾质疑我的选择，伯翳却显得很雀跃，四只鹿脚在我身边跳来跳去，"姐姐你真勇敢！不愧是我伯翳认同的好姐姐，想干就干，想爱就爱！神女算什么，族长算什么！为了爱情，统统丢了无所谓！不过，姆妈也太狠心了，竟然真的把你的九尾给断了。"

"这是我自愿的，我不怪母亲。"我用藤条扎着木筏，从山上采摘野果做粮食，"你离家游历这么久，学问做成了吗？"

伯翳这孩子很任性，几年前为了他心目中的学问离家出走，游历四方，发誓要把各族各部的学问学个遍，为此在我们涂山也待过三个月。

"学问是永无止境的，"伯翳说，"只有不断钻研，哪有所谓学成。不过现在算是有点小成了。"

---

1 伯翳：也叫"伯益"，活跃于上古时代的圣贤，秦始皇的远祖，辅佐大禹治水。他踏遍千山万水，记录各地地理与风土人情、物产神话，并集结成书，是《山海经》的第一个作者，也是嬴、舒、徐、阮、江、黄、梁、赵、萧、费、莒等姓的始祖。

2 飞廉：上古神兽，风和风暴的主宰。考虑到方言音变（如沿海某些地区的方言"F"和"H"不分的古音痕迹），可能与古印第安人神话中的风暴之神胡拉坎（hurricane、hurancan 或 juracan）同源，是存在于从中国东部沿海一直到美洲的上古风神。

"既然有了小成，那就快点回家吧，皋陶[1]伯伯一直在找你呢。再说你学成了学问，也该回去把它用在有需要的地方。"

　　"学问为什么一定要拿来用？"

　　"学问不拿来用，那学了又有什么意义。"

　　"学问就是学问，徜徉在学问的海洋里，本身就是最大的快乐。只有那些凡夫，才整天惦记着学问有什么用处。拿用处大小来衡量学问的好坏，他们简直是把学问玷污了。姐姐你这么脱俗的人，怎么也说这种话？不谈这个了，我带你去找姐夫吧。"

　　"你知道他在哪里？"

　　伯翳应了一声："我知道你的事情后，就想看看能让我姐姐喜欢上的，是什么样的一个人。他现在在济水之阴。"

　　我高兴起来，撑起木筏出发了。飞廉在前面带路。

　　文命说得对，我们青丘之国的地势算是比较高的了，走出群山，一到平原地带，就只能看见前后漫漫、左右苍茫，地势低一点的全部被洪水淹没，地势高一点的尽成沼泽。露出水面的荒坡上，常常能看见尸骨，水面上也漂浮着各种死尸，秃鹫盘旋其上，情况惨不忍睹。我还看到一些被丢弃的图腾和部族圣物，可能有一些部族在洪水中灭亡了。这些部族还在的时候，和我们涂山一族又有什么区别呢？可洪水一来，就全都成了秃鹫口中的食物。

　　如果当初我没有及时化出九尾，或者文命没来，我们涂山一族也是这个下场。一想到这个，我的心就忍不住发颤，忽然之间我又有点理解文命了，看多了这样的惨状，只要还有一点儿心肝，就不忍心让这种灾难继续蔓延下去。相比之下，只惦记着自己族人的母亲，虽然也不能说错，

　　1　皋陶：活跃于尧舜时期的上古圣贤，伟大的政治家、思想家、教育家，辅佐舜帝制定"五刑"和"五教"，被史学界和司法界公认为中国司法的鼻祖。因担任"理官"（华夏第一位首席大法官），所以他有一支子孙以"理"为姓，而上古"李"与"理"通假，所以皋陶是李姓的始祖。

但似乎就有点自私了。

竹筏不知走了多久，洪水变得越发浑浊。伯翳告诉我这里是黄河泛滥的地区了，济阴已在附近。

"我父亲就在附近，我不想被他抓到。姐姐，你自己走一段吧。"他丢下一片犀角，"我会在附近保护你，有什么事情就吹响叫我。"

撑着竹筏移近，就听到"轰隆"一声巨响。有了天坝泄洪的经验，我知道是一段堵塞的河流被打通了。河水向东边冲泄下去，渐渐露出了一大片土地。

成千上百的人发出了震天欢呼。人群中我看到一个人飞在空中，背生双翅，那是子契——他在那里，文命也就不远了。

我将竹筏靠岸，挤进人群，看见文命就在那里。一个老头扯着他，哭得像个小孩子："我们大逢一族有活路了，我们大逢一族有活路了……"

"文命！文命！"

文命转过头来，看见了我，眼睛里充满了不可置信的神情。

人群静了下来，我的心也揪了一下，那一瞬间对我来说就好像有一年那么长久。我的心七上八下，很怕他的反应……

还好，在惊讶过后，他露出了欢喜的表情，整张脸都笑得没形了，冲下来把我抱起，叫道："你……娇……你怎么来了！"

"我再不来，你是不是就要把我忘了？"

"我，我……"

他说不出话来，抓耳挠腮。我则抓住他的衣领，狠狠打了他几下。

文命被我打着，脸上却只是笑，那笑容看着好傻。我想到这些日子的委屈，想起褪尾时的痛苦，想起在雪山上的孤寂，气不过，又打了他几下。

"喂喂，你怎么乱打人……他可是我们大逢一族的救命恩人……唉，

你抓我做什么……"那个不识相的大逢族长聒聒噪噪的，被子契抓到天边去了。

我忽然发现正被千百人围观着，换了别人一定扭捏得很，但我怎么着也曾是一族神女，被人围观惯了，心里不怵，指着文命说："他为了治水，把我丢下快一年了不管，你们说，他该不该打！"

文命第一个说："该打，该打！"

子契也跟着起哄："该打，该打！"

人群好像明白了什么，哄笑起来："该打，该打！"

姬弃给我们弄了一个土窝，大逢一族给我们弄来了些吃的，然后就都识相地避开了。文命抱着我在土窝里烤火，听我说了过去半年多的经历。他沉默了好久，忽然跳了起来："娇……你……你等等，等我！"

然后他就跳了出去。我忐忑不安地在土窝里等了好久，才又见他回来，人高兴得一蹦一跳的："娇！行了！行了！"

我看他那么高兴，有些奇怪："你去做什么了？"

"我去求见司空，许我成亲。"

"你成亲为什么要司空同意？"

"我在舜帝面前发过誓的：洪水不退，誓不回家！"

我的心提了一下："那司空怎么说？"

"司空说，誓不回家又不是誓不成亲，让我成了亲再说。还给我放三天假！"

我的心一下子放下来了："这个司空不错，有见识！会转弯！"

"哈哈哈，我去准备婚礼，你等我！"

这个傻男人，愣愣地又跑出去了，我怎么会找上这么个傻瓜丈夫！

我埋怨着他傻，一转头，看到陶盆里的水，水里那个女人也笑得像个傻瓜。

"吃到一嘴蜜了？笑成这样？"

门口出现一个中年男子。

"皋陶伯伯！"

我忽然明白了过来，文命的上司，就是皋陶伯伯啊。被长辈见到自己这副傻模样，我不由得有些窘，赶紧起身待客，但土窝里什么都没有，只热了一碗水。

皋陶伯伯喝着水，忽然说："娇，你真的决定嫁给他？"

我毫不犹豫地点头。

"文命他人不错，不过未必是良配……"皋陶伯伯好像有什么心事，"他得治水。"

"我知道，但我愿意等他，也愿意和他一起承担。"

皋陶伯伯没再说什么，叹息一声，放下陶碗走了。

当天晚上，我们就在洪水初退的岸边成了亲。大逄一族点燃了一丛又一丛的篝火，子契召来了赤鹙。这些红色的火焰之鸟扑向篝火，然后振翅蹿向夜空，在星空之下炸出千百点火光。

地上篝火处处，天上星光、火光闪耀。

大逄一族唱起了歌，跳起了舞。自洪水以来，他们有好多年没这么喜庆了。

皋陶伯伯成了我们的见证，在场千百人都在祝福我们，祝我们夫妇和睦，子孙蕃息。

当初被母亲遗弃时我有多难受，现在被大家簇拥着我就有多欢喜。

文命他抱住了我。

涂山之巅的雪有多冷，他的这个拥抱就有多暖。

在这个怀抱里，我把断尾时的痛给忘了。

文命只有三天的假期，然后就要出发去治黄河了。临走的前一个晚上，我按捺着离别的惆怅，给他准备远行的衣服，让他先睡，可他躺在那里翻来覆去，问他怎么了，他却闷葫芦。我已经渐渐摸到了他的臭脾气，有什么事情总喜欢自己顶着，自己憋着！

我推他："到底怎么了？跟我说说。"

"是治水的事，你别管！"

"跟我说说会死啊！"

他坐起来，犹豫了一下，才说："黄河的情况很麻烦，光靠我和子契、姬弃，实在没什么把握，我怕把事情做坏了。"

"那怎么办？"

"司空给我推荐过一个人，那人精通勾股，擅用准绳，能造车舟辇撬，能测山高地厚，能量黄河沙数……总之他年纪虽小，学问却非常厉害，可我找不到他。"

"到底是什么人？"

"伯翳，他是司空的儿子……你笑什么？我都烦死了，你还笑。"

明明跟我说一声就能解决的事情，偏偏要自己憋在肚子里烦恼，我笑得你少了！

我白了文命一眼，然后不理他，掏出犀角，吹了起来。

一阵风刮了进来。飞廉化成少年，进来就问："姐姐，找我什么事情？是不是姐夫对你不好？要我帮你揍他？"

然后这一大一小两个男的，就在火堆边互相瞪眼。

"来，我给你们介绍。"我拉了拉文命："弟弟，这是你姐夫。"然后拉了拉伯翳："文命，这是我弟，嗯，他叫伯翳。"

再坐下来时，两个人的神情都变得不一样了，因为事关治水大业，子契、姬弃也被叫来了。

伯翳吃着我给他准备的婴儿舌[1]，看都不看他们三个人一眼。文命则一脸的热切。知道眼前是伯翳之后，他就不当他是个少年了，直把他当作"大贤"来供。

他在前，子契、姬弃在后，呈"品"字形跪坐着面对伯翳。三人一起躬身，一副尊贤礼士的样子，但文命还没开口，伯翳就拒绝了："不用说，我不干！"

"这……我还没说。"

"不用你说，我知道你们要去治黄河，我不会跟你们去的！"

文命激动了起来："洪水泛滥，天下民众为此疾苦了几十年，而黄河就是洪水泛滥的根源！老弟你身怀奇才，难道要袖手旁观？"

伯翳根本没被打动，一脸的平静："我化身飞廉，曾振翅向西，九溯黄河源流，探明白了黄河泛滥有它固定的周期，是它的天性。当洪水要泛滥时，就该让它泛滥，静等它退却就是了。结果人类却妄想筑堤坝，把流动的河水给锁起来，根本就是逆天行事——几十年前那个叫'鲧'的女人甚至动用了息壤，呵呵，后果怎么样你也看到了。"

"前事不提。"不知道是不是我敏感，听到"鲧"时，文命的情绪变得有些奇怪，但还是把情绪强行压下去了，"可天下人被洪水困扰了几十年，每天都有人因洪水死去，每年都有部落因洪水灭亡。老弟，难道你就忍心看着天下人这么受苦受难下去？"

"你怎么还是不懂！"伯翳一脸的不耐烦，"这不是我忍不忍心的问题，而是违逆大自然的运行规则行事，只会招来更大的灾难！现在的百姓为什么会受苦？就是因为几十年前逆天行事，这是上天对他们的惩罚。"

"就算是惩罚，这惩罚已经几十年了，也该够了！"文命越来越激动，

---

1 婴儿舌：神话传说中的一种果实，产自符禺之山，草本植物，花红果黄，形状像婴儿的舌头，吃了能增强人的判断力。

"我们必须有所作为，让这该死的洪灾结束。"

"跟一块木头没法谈下去了！"伯翳气冲冲站起来就要离开，我赶紧拉住了他。

"姐姐！你根本就是嫁了一块木头！"

"弟弟，违逆天道，自然是不对的，"我给伯翳顺着气，慢慢地说，"但如果是设法消除人类违逆天道的那些不良举措呢？"

伯翳的身形顿住了。

我继续说："文命近来治水的办法已经改了。以前我们治水，总是去堵塞，但文命却在疏通。疏通的第一步，就是把那些乱筑的堤坝挖掉。文命做的事情，这些天你也看到了，应该知道我没有胡说。"

伯翳听到这里，静了下来。

"如果说，以前的人治水的方法是违逆天道，那现在文命治水的方法就是顺应天道啊，所以你们两个其实没有矛盾的。"

我说着，给文命使了个眼色。幸好"木头"这次开窍，马上就接收到了："对，没错！就是这样，我们这次是要用顺应天道的办法来治水。"

伯翳犹豫了起来。我又说："虽然你总是说，学问就是学问，不能太过功利地拿有没有用来评判学问的好坏。那些暂时没用的学问我们不说，但那些有用的学问，那些能造福天下人的学问，你也不能硬捂着它不拿出来用吧？"

子契很聪明，马上叫道："是啊，是啊，是这样没错。"

伯翳显然被我说动了，但他刚才要走，如果就这么答应，大概脸上挂不住："姐姐说得也不是没道理，那我考虑一下吧。"

姬弃比较老实，一听急了："还考虑什么啊！天下被洪水搞了那么久，早点决定，早点开工，就能早点救人。你这人怎么这么冷血！"

伯翳一下子顶了回去："你们热血，那你们去救啊！还来找我这个冷血的做什么！"

姬弃回道："我！我们……你这人怎么这样！"

唉，这个帮倒忙的！

伯翳也就是嘴巴尖刻，心地却软，而做学问的人爱端着，又总有一点口是心非的臭毛病，也不想想，如果他真的完全不把洪水放在心上，会九溯黄河源流？天下学问那么多，为什么他却学了这么多和洪水有关的学问？

我把子契、姬弃轰走了，把文命也推了出去。文命还有些不满："你这个弟弟怎么这样？"

我低声说："是你们没眼色！他其实已经答应了，但要有个台阶下啊！谁让你们老是把天给聊死！出去吧，我来。"说着转进土窝内，拉着伯翳咬耳朵。

"弟弟，你帮姐姐个忙好不好？"

"别的都好说，治水？我不去。哼！那三块木头，我看着就烦，跟他们待久了，我怕自己也会变蠢。"

"不是这事！"我压低着声音，"你姐夫长得这么威武，让他一个人在外面，我不放心啊。所以啊，你看在姐姐的份上，去帮帮他的忙——最重要的是，顺便帮姐姐看着他。不要让他有机会乱来。"

"这样啊。"伯翳笑了，"那行，我就看在姐姐的份上，去给他帮个忙。姐姐你放心，我会帮你把他看紧了！"

禹之章叁·祟祟

我终于成家了。

当初涂山的一场短暂欢聚,过后我都不敢去想,因为那个晚上太美,而我总觉得自己配不上那么好的日子。但娇太出乎我意料了,她竟然离开族人下山来,都是为了我。能娶到这样的妻子,夫复何求?

成亲之后,司空给我放了三天假,那三天里我都不怎么出门,就窝在那简陋却温暖的屋里和娇缠绵着。子契见面就开我的玩笑,我也不睬他,他都还没老婆,懂什么呢!

没想到第四天就出事情了。还没等我们出发去治黄河,沅水就出了大问题,有十几个部落,近万人的生命岌岌可危。消息传来,我什么都来不及准备,带了人就走。

从这里到沅水有几千里远,而且沿途地形复杂,要经过高山、丘陵、江河和沼泽,我们几个要飞奔过去容易,但大部队,还有一堆治水的工具就没办法了。司空给我们准备了几十辆车子,可车子在平原地区还好,一进入丘陵、沼泽就过不去了。就在我们束手无策的时候，伯翳出手了。

娇的这个弟弟，真的很厉害。他左手规矩，右手准绳，怀里掏出一片又一片烧制过的兽骨，兽骨上刻着各种各样的工具图形。

"矩以定方，规以成圆，准绳定直线。"伯翳炫耀着他那一堆东西，用我们听不大懂的话说，"陆行乘车，水行乘船，泥行乘橇，山行乘桥，把关键部位的材料准备好，到了地方，就地取材。"

在我和娇欢聚的那三天里，他就已经让人制作了一大堆细琐的工具，然后让人伐木，制成了四种交通工具的关键材料。现在事情一来，我们得以迅速行动，向西南进发。

伯翳改造了我们行走的车辆，让轮子转得更滑润。等遇到泛滥的洪水，他就让人将车轮拆卸，装上浮木，车变成了船；渡过洪水泛滥区进入丘陵地带，又将浮木拆卸，底部装成横杆，做成桥，穿过丘陵，翻过高山。看着眼前一片茫茫数百里的沼泽，我们就知道已经到了西南，于是伯翳又让人将底部的横杆拆掉，换成滑板，这就是能在雪地、沼泽穿行的橇。

每到一个需要大规模拆卸车、船、橇、桥的地方，他就留下几个人，看管拆卸后的材料。"回来的时候，再将这些装回来，以后这些地点就变成常备据点。只要在各个据点提前准备好这些材料，那样我们行军的速度就能快很多。"

他手里总有一片又一片的兽骨，每到一个地方就不停用手里的小刀子刻刻画画。

姬弃问他："你在做什么？"

"我要把经过的所有地方都画下来，无论是山川、河流，还是地形、地貌。"

他又拿着许多木片，在上面写字，每一片兽骨都配一块木片。

姬弃不认得字，看着以为是另外一种画，问伯翳："你在画符咒吗？

你是巫？"

"这不是符咒，这是文字。"伯翳说，"我也不是在画符，而是在记录我们所经过的土地的物产部落、珍禽异兽和诸神传说。"

"文字？"姬弃吃了一惊，"是仓颉造的那种文字吗？听说只要有了文字，部落就不会灭亡；一个部落有了文字，先祖的灵会永远寄存在上面，再不需要巫们用歌来口口相传他们的事迹了。听说仓颉创造文字的时候，天地都惊得刮狂风、下大雨，鬼神都骇得在夜里哭。"

"祖先的灵是不是会寄在上面，我不知道。"伯翳说，"但是有了文字，我们的事迹，我们的创造，都会记录在上面；有了文字，我们的文明就会一直延续下去，一直延续到历史的尽头。"

姬弃看得羡慕不已，本来他对伯翳看不大上眼，知道他懂得文字之后，一路上就缠着，让他一边走路一边教自己写字。

我只是笑笑，一心只在赶路上——仓颉所造之字，师父早教过我了。

有了伯翳的工具，我们赶路的速度比以前快了不止一倍，但还是来迟了。今年南方的雨水来得太猛，沅水的河岸被冲垮了，方圆一千五百里，变成了一大片泽国，和洞庭湖连在了一起，简直跟海差不多，只有那些高山露出水面，仿佛一个个岛屿。

洪水之上，漂浮着无数尸体，有人的，有兽的，部落的旗帜漂在水面上，部落的图腾搁在泥泞中——显然不只是人死，而是族灭了，否则，哪怕一个部落只剩下一个人，他也不会任凭部落的图腾被遗弃。

看着这些，我心里难受极了，跪倒在甲板上："我们来得太晚了……如果再早一点就好了。子契，我是不是不该成亲？是不是我违反了誓言，上天在惩罚我？"

"不是的！"子契连忙说，"我们接到消息马上赶来，跟老大你成不成亲没有关系。"

伯翳也说："看尸体的情况，他们至少已经死了十几天了。隔着几千里，我们再怎么赶也来不及的。姐夫你不要太自责了。"

"但这样的事情，我们不能再让它发生了！"我说，"现在先救人吧。"

我们用小船四处搜索，一边救人，一边把水面上各种旗帜与图腾都搜集起来——这些将来都要送到舜帝跟前。这些部落的生命没了，却也得让他们的灵在帝的祝福里得到延续；他们的图腾消失了，但会融进华族的图腾里面，跟活下来的华族一起永生——龙的图腾，不就是这么来的么。

"沅水附近是没办法了，只能等洪水慢慢退去，然后我们再回来看哪些地方淤塞。"我说。

伯翳应道："但水位这么高，一定是下游什么地方堵住了，排泄不畅。我们得到下游找到淤塞点进行疏通，将洪水导入长江，再从长江导入大海。"

他又拿出了勾股，开始测量山川水位。子契比姬弃见识多，虽认得文字，却也不知道勾股，就问伯翳："这是什么？"

"这是勾股。"伯翳说，"勾股各自乘，并之为玄实，开方除之即为玄，勾股相乘朱实二，倍之便为朱实四。"

这下连我都目瞪口呆了，完全不知道他在说什么。伯翳说："这是数学口诀。懂得了数学，就能测量泰山山高，能计算黄河沙数。我用数学来计算山岳河川的情况，推算哪里淤塞了。"

经过伯翳的推算，我们找到三个可能淤塞的方向，便分头行事，向三个方向进发。子契向东，姬弃向东北，我向北，各自带了一个沅水部落的幸存者做向导。

舟行水上，不知远近，只是按照伯翳的指点前行。走了不知道多久，

禹之章 叁 · 崇崇

眼前忽现一座壁立千仞的高山，山上笼罩着一股黑气。我吃了一惊，因为看到这座山，我就忍不住想起羽山，为什么会有这种感觉？

"是谁？是谁？"一个声音从绝壁之上传来，"为什么你身上会有她的气息？为什么？你是谁？你是谁？"

我看看向导，问他："你听到那个声音了吗？"

向导的脸色变得十分难看："什么声音？什么声音！"

"从山上传来的那个声音……"

我还没说完，向导就鬼叫了起来："山上？快走！我们快走！"说着就要往回撑船。我拉住他："怎么了？"

"这座山叫'崇山'。几十年前，尧帝命令当时还是司空的舜帝，把一个罪人流放在这里，从那以后，这山上就出了妖魔！"

"罪人？妖魔？"我心头一动，又是一阵揪痛。羽山那边，生我的那个人，不也被称为罪人吗？"是什么罪人？有什么妖魔？"

"什么妖魔，不知道啊，敢上去的人都死了。"向导几乎要哭了，"那个罪人，好像叫驩兜[1]。"

我不顾向导的劝阻，执意要上山一看。向导不敢上去，我也就由得他，一个人上了山。向导望向我的眼神，变得十分奇怪，好像以为我死定了。

走到半山坡，天色已晚，月光之中飞来一尾黑色鱼影，那鱼没有鱼鳞、鱼鳍和鱼嘴，只有头部一个白点，就像一只白色的眼睛——模样就跟我奉为老师的白色鱼影一模一样，但颜色却黑白相反。

我伸手去触摸它，它果然也从我的手上穿过，就像幻影。可是每次它游过我的头部，我却没有得到知识，而只感到一阵刺痛，好像脑子里被偷走了什么东西。

"这不是我的老师！"我心里想。老师——白鱼是给予，而这尾黑鱼却是盗夺。我闭紧心防，不再让这黑色鱼影探测我的想法。

---

1 驩兜：在《山海经》中又叫"驩头"，其部落神人面鸟喙，背生双翼，在尧帝后期与共工、鲧、三苗合称"四凶"。

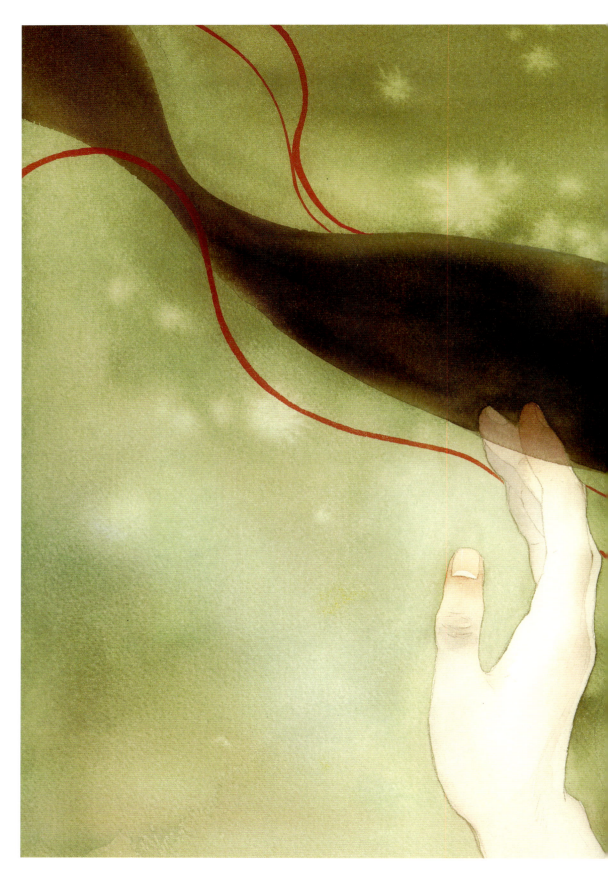

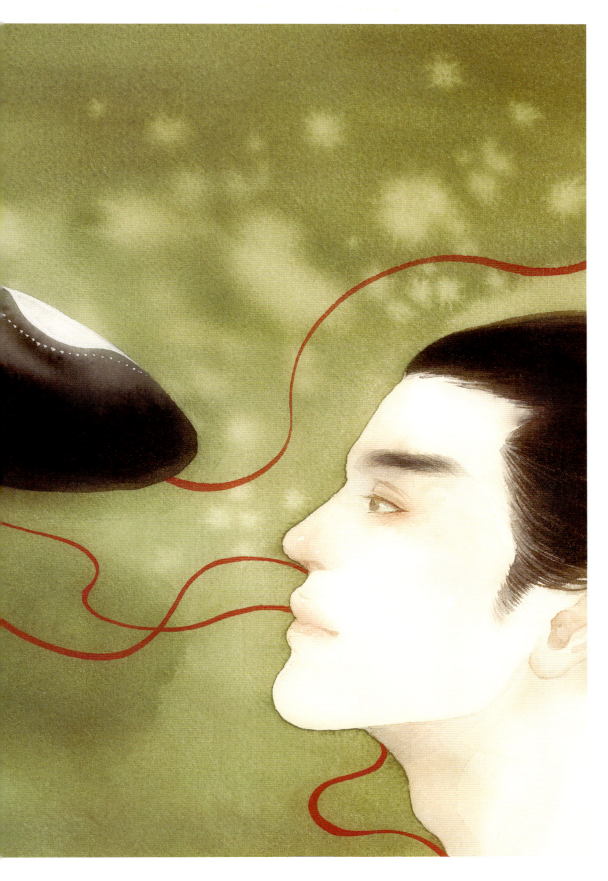

崇山和羽山一样，弥漫着一种令人厌恶的黑气，但我早就习惯了这种黑气。我在山上兜兜转转了大半夜，都找不到骓兜，也没有遇到妖魔。只有那让人讨厌的黑色鱼影一直尾随着，怎么都摆脱不掉。

眼看夜色将尽，一团乌云忽然飘来，遮住了月亮，也遮住了星光。那个黑色鱼影忽然不见了。

我突然想起，没有太阳的时候，白色鱼影不能出现，那么没有月亮的时候，这个黑色鱼影也会消失？

"哼！他终于走了！"

冷幽幽的声音，从竹林之中冒了出来，叫人心底发毛。

"谁？"

尽管周围一片黑暗，但我夜能视物，还是看到竹林后面冒出一团黑影。

黑影却没有回应我，只是看着黑色鱼影消失的地方："它一直在监视你，对吧？"

"监视？"我说，"你知道那是什么？"

"那是勾玉之鱼啊。"黑影说，"那是虞舜的化身，必须在明月之下才能存在。孩子，虞舜一直在盯着你呢！你要小心他。"

"虞舜？"我忽然想起他说的是谁，吃了一惊，"你是说舜帝？他在盯着我？他为什么要盯着我？"

那团黑影慢慢飞了过来。这时离得近了，我已看出他人面鸟喙，背生双翼，然而没有形体，就只是一团黑气。难道他就是"妖魔"？

"你身上，有鲧的气息啊。"

我吃了一惊——这是我藏得最深的秘密，连姬弃、子契都不知道，他怎么晓得的？

黑影喊喊笑着，仿佛看透了我的心思："我和你的母亲，是一起被虞舜害死的人，她身上的气息我最熟悉了，我怎么可能会不知道……"

"和我母亲一起被杀害……这到底是怎么回事？"

"嗯？你还不知道？那是二十几年前的事情了……"黑影的声音充满诱惑力，引诱着人仿佛回到多年之前，"那时候尧帝已经老了，正在挑选继承人，当时有资格竞选为帝的，一共三个人。一个是共工，一个是你的母亲，最后一个，就是虞舜。三苗支持共工，我支持你的母亲，虞舜势力最小，结果他为了谋夺帝位，暗使诡计，让尧帝相信洪水是共工引发的，又诬陷你母亲治水不力，然后把共工、你母亲、三苗和我一起流放到穷乡僻壤，再一一杀害，又把我们四个诬陷为'罪人'，说我们是'四凶'，说天下会变得这么坏，都是我们引起的，让天下人都唾弃我们……"

"这……这不可能！"

"不可能？为什么不可能？"

"舜帝是贤明的君主，是人人称颂的天子。"

"贤明的君主，贤明的君主……嘿嘿，嘿嘿……"黑影发出可怕的笑声，"有这么贤明的君主，为什么天下还要受这种苦头？我闻到你身上有浓重的死人气息，你刚刚接触过很多死人吗？是战争？还是天灾？"

"是洪水。"我说，"沅水泛滥，灭了十几个部落，死了成千上万的人……"

"是啊，死了成千上万的人，这就是有贤明君主的世界！你都亲眼看到了，还相信他贤明？"

"可是，害死人的是洪水，不是舜帝……"

"他没有能力治理好天下，没有能力治理好洪水，这又叫什么贤明！"黑影截断我的话，"更何况，上天为什么要降下这么可怕的洪水，不就因为他是个伪善的暴君吗！"

"但是，天下百姓为什么还这么称颂他？"

"那是百姓都被他蒙蔽了！"黑影说，"他把所有的罪名，全部推到我们头上；把所有的功劳，全部揽到自己身上。天下人受了苦，就骂我们'四凶'，而他虞舜，就永远是最贤明的帝。他永远也不会犯错，因为错误都是别人的，功劳都是他的！"

我一时无言以对。

"你看，你身上有鲧的气息，他就怀疑你、监视你！"黑影继续说，"他现在大概是没有什么证据，可一旦让他知道你的身份，他一定会把你推进深渊，把你的功劳统统抢走，把所有罪名推到你头上。那些所谓的明君，就是这么干的！没有罪臣的凶恶，又怎么凸显他们的贤明啊！"

我喘息着，不大敢相信。虽然我只见过舜帝一面，但那样一个亲厚的长者，真的如同黑影说的这样虚伪，那这个世界就太可怕了。

"月亮要出来了。"黑影抬头，看到乌云渐渐有要散开的趋势，"孩子，我得藏起来了，不然勾玉鱼影一来，就知道你见过我，那时他会更怀疑你了。"

可是，我还有很多话要问他，关于过去，关于舜帝，关于母亲。

"我以后怎样找你？"

"找我？不能找我，有日月的地方我都不能出现，而且……"黑影说，"你也不能再来崇山了。这次来可以说是碰巧，但如果你再来，虞舜就会怀疑你，对付你。"

"可是我还有很多话要问你！"

"除非……你让我附在你身上。"黑影说，"对，就这个办法，孩子，让我附在你身上。你想知道什么，我都会告诉你；你想做什么事情，我都会帮助你，就像我当年帮助你母亲一样。我会告诉你虞舜的隐秘，我会告诉你强大的法门，我会帮你做到你母亲也没能做到的事情，我会帮你夺取天下，登上帝位的宝座！"

"帝位？我没有兴趣。"我说，"可是我想知道母亲的过去，如果母亲真的是被诬陷，如果舜帝真的那么虚伪……"

　　我想到了羽渊里的声音。

　　"我会为母亲报仇，我会让她得到公平、公正！哪怕仇人是坐在帝位上的舜，我也要把他拉下宝座！"

　　"没错，没错！就该这样！他怎样对付你母亲，你就怎样对付他！把他从宝座上拉下来，流放他，让他试试妻离子别、亲族隔绝、孤寂老死的滋味！"

和文命相聚的日子很短暂，只有三天。

本来皋陶伯伯还想给我们争取多一点时间，没想到沇水那边就传来堤坝告急的急报，于是文命匆匆忙忙就走了，连我想给他做点准备都来不及。

子契停留多了一天，帮我把家安置在台桑附近。屋子非常简陋，但更难忍耐的是孤独。

在涂山的时候，至少还有娘亲，有妹妹，有族人，下山之后，原本以为至少能和他在一起，没想只聚了不到三日就面临分离。虽然附近还住着一些治水者的家眷，可以守望相助，但对我来说那终究是陌生人。

入夜以后，空荡荡的屋子，孤零零的我，尽管春日里的风渐渐暖和，但暖不了只有一个人的枕席。

可我不后悔！

我不能后悔！

这是我自己选的路，再难我也会走下去的！

只是……文命，你什么时候能回来。要等到彻底治好大水么？那要到什么时候呢……

分别的第一个晚上，在千思万绪中，我终于昏昏睡去。

到第二天，我就没时间胡思乱想了，因为要做家务了！

这个家是我和文命两个人的，他不在，我就是唯一的主人，必须打理好它。屋子是有了，各种家具也有，子契细心，还留下了口粮，可是……我不会做家务啊！我之前怎么说也是涂山一族的神女啊！哪曾做过这些！

收拾屋子，归置床枕，洒扫门庭，洗粟洗锅，生火做饭……天啊，为什么都这么难！哪怕在下山后的旅途中，也是采集野果果腹就好，哪里需要应付这么复杂的局面！

在青丘之国的时候，饭有阿姨阿婆她们煮，屋子有七尾帮我收拾，这哪是需要我沾手的事情？

一个上午我就打破了一口陶锅、两个陶碗，扫地弄得满屋子灰土，洒水弄得遍地都湿。本来还算齐整的屋子，被我越弄越乱。

全族上下不一直夸我是天才吗？大家都说几百年前我是第一个练成九尾的——九条尾巴我都练出来了，为什么这么简单的事情我反而做不好？

算了，煮什么饭呢。屋子乱就乱吧。

我出去采了点野果将就了一顿，顺便抓了一只野鸡——就算没了神通，抓鸡也是狐狸们不学自会的本事，鸡肉更是我们涂山一族最喜欢的肉食。

回到家……咦，被我弄得一团糟的屋子已经整整齐齐——这是哪里

来的好人？

到了晚上，想把鸡吃了，可当我拿起陶刀，对着野鸡比画了两下，却不知如何下手。嗯，记得好像杀鸡之前要煮水烫毛？先生火吧。

我从屋角拿出火种，把柴火堆了一个无比难看的造型。记得姨妈是用一根竹来吹火的，吹火竹找到了，想着姨妈的动作，将吹火竹往柴火堆底部插下去，一吹，用力大了——喷得火种、火灰满屋子飞腾，不好！赶紧回气息。

"咳咳……咳咳！"

烟灰从喉咙里进去，再从鼻子里出来，眼泪、鼻涕都流下来了。等我回神，发现刚才把火种吹落在不远处的草堆上——天啊！

着火了！着火了！

我冲过去灭火，混乱中捆好的鸡竟然脱了绑！我一手要灭火，一手要抓鸡，脚边不小心踩坏了锅碗，抓鸡时又撞翻了枕席，扑通轰轰，一片混乱……

大概是望见烟火，不远处的治水者女眷纷纷赶来，总算帮我把火灭掉，把鸡笼好，又借了我锅碗，但她们临走前那些嘲笑的表情，真个叫我无地自容。

奇耻大辱啊！在涂山时，我何曾这样过！

原来杀鸡煮肉都是这么难的事情！以前看姨妈她们干起来很容易啊，为什么到了我手上就变得这么困难。如果还能变成狐狸生吃倒是无所谓，可是现在以人的味觉，万万接受不了吃生肉啊。

晚饭是没得吃了。看看周围，屋子又乱得不能看了！又得收拾了。可人又累又饿，实在不想再动，慢慢地，累压倒了饿，不觉间就睡着了。

我是被香气唤醒的。

一觉醒来，屋子又变得整洁无比，寻香找去，却是一锅热喷喷的炖鸡。

是谁？是谁在帮我？

"文命，文命！是你吗？"我叫唤着。

可一想不对，如果是文命，不需要这么躲躲藏藏。

"子契？姬弃？是你们吗？"

可也不对，子契、姬弃他们也不需要瞒着我。

"伯翳，是你在跟姐姐玩吗？"

屋子里还是没有声音。

我定下心来，仔细地搜索着屋子，终于在角落里找到了一根白色的狐毛。

难道是七尾？是她！一定是她！

猜是文命、伯翳他们时，我张口就叫唤；现在猜到是七尾，我却叫不出口，反而将那一根狐狸毛收到怀里藏起来。

我的心忽然一阵绞痛。我已经下山了，我已经嫁人了，怎么可以还让娘家的人担心自己！

七尾能帮得我一时，还能帮我一辈子吗？我不再是青丘之国的神女，不能再让妹妹来给我做这些了。

自己的残局，我自己来收拾！

第二天起来，我不再埋怨，先去找个婆婆来，请她教我做家务，教我生火，教我做饭。不懂就问，做不好就再来，一点一点地把家归置整齐，把饭也做了出来——虽然第一顿很难下口。

从那以后，我一起床，就一定先把枕席归置齐整，看着外头家家户户的炊烟，也一定要自己烧火做饭，而不是去采果子果腹——现在一个人无所谓，以后文命回来，难道也让他吃野果？

虽然一开始闹了不少笑话，但事情还是慢慢地做顺手了，饭也一顿

好吃过一顿。我要把自己的日子过好，不能让娘家的人为我担心。

不知不觉中过去了一两个月，所有事情都慢慢顺了起来。治水前线传来了消息，说大水冲掉了很多物资，治水者们的衣服都丢了，现在还是夏天没关系，但秋冬一来就麻烦了。于是整条村子的妇女们都忙碌了起来，开始为她们的丈夫、儿子、父亲缝制衣服。

文命是治水者首领，以前会有手下的家眷帮他做这些，但现在他既然有了妻子，我就不能假手他人。想着他穿着别人做的衣服，那多别扭。

于是我去找了皮毛，请村里的老婆婆、大姐姐们教我缝制。两天下来，就把手指扎得都是针孔，结果第一件衣服还是缝得一塌糊涂。那些婆姨姐妹们看到了都笑，我也没说什么，拆了再缝，一件又一件，终于缝制成了一件勉强能看的了！

"哈哈！"看着这件其实有些丑陋的皮衣，我得意地笑了起来——当初练成九尾的时候我都没这么开心过！

一瞥眼，发现之前老是笑话我的婆姨姐妹们，这时看我的眼神满是亲切与赞赏。

就在我满心欢喜的时候，忽然一阵反胃，口舌深处酸酸的，直想吐。

这是怎么回事？最近太过劳累，还是昨天吃坏了肚子？

很有经验的婆婆过来给我验看，然后很开心地恭喜我说："有了！"

"有了？"

"有了！你有喜了！"

什么？！

有喜？

我无意识地摸了摸肚子，明明没感觉到有什么异样，却又感觉到好像有什么异样。

一抬眼，只觉得天地仿佛都变了。

我怀孕了？

我有孩子了？

我和文命有孩子了！

我就要做母亲了。我不再是娘亲的孩子了，我很快就要变得跟我娘亲一样——有自己的孩子了。

我身子晃了晃，刚好碰到了角落里的蓄水瓮，头一摆，看到水影里的女人——那里面的女人是那样的陌生，再没有涂山时的半点青葱。她已经变成一个真正的女人，一个男人的妻子，很快还将变成一个孩子的母亲。

我想摸摸她那张连我都认不出来的脸，手指却触碰出了一串涟漪。

那天之后，家务事不再是我生活中的主曲了，我已经能顺手做好它们。皮衣缝制好了之后，日子变得不再忙碌，闲暇生出无聊来，无聊生出寂寞，寂寞又生出思念。

我常常摸着肚子，靠着门，数着日子，唱着歌，等候着那个没心肝的家伙！

唉，他什么时候才能回来啊！

春天早尽，夏天的夜里一点都不冷，但屋外的虫子聒噪地叫着，吵得我睡不着。我披了件衣服，倚门而立——我们青丘之国的人喜欢歌唱，也善于歌唱，看着天上的月亮，不知不觉就唱了起来：

　　候人兮猗，子胡不归？

　　夏虫啾啾，入我双扉。

　　夏月皎皎，照我床帏。

远人无在，揽衣徘徊。
思之念之，此当告谁？

　　唱着唱着，本来黑暗的村子一点点地亮了起来，家家户户都点了灯火，还有一些人跟着我唱。我知道，她们对丈夫的思念跟我是一样的。

　　夏天过去后，秋风转凉，我的肚子也开始鼓起来了。

　　今年秋天的雨水特别大，常常大晚上的惊雷阵阵，轰轰地将人吵醒。我恨这雷雨，不是它的话，我还能在梦里和文命多团聚一会儿呢，但梦中是团聚，现实却是别离……

　　而且雨势这么大，他们治起水来也会更加困难吧。唉，我怎么又想那个没心肝的家伙了！

　　对着空荡荡的屋子，心中的思念不知不觉又变成了歌声：

候人兮猗，子胡不归？
瑟瑟秋雨，填填秋雷。
觉后思君，见与梦违。
道阻路长，音信稀微。

思之念之，此当告谁？

　　我没了神力，声音不高，可慢慢地那歌声却连雷雨都压不住，因为整条村子的女人又跟着我唱了。

　　秋天过去，天气很快变得很冷，风大雪大，夜长梦短，叫人更加难熬！

　　这天晚上，我被肚子里的"小坏蛋"一脚踢醒后就再也睡不着了，推开窗户，对着漫漫雪夜，也不知道心中的思念能否伴随着我的歌声，让他听见：

　　　候人兮猗，子胡不归？
　　　茫茫冬雪，自昼及晦。
　　　北风惨栗，独守难寐。
　　　夜长梦短，怎堪憔悴。
　　　思之念之，此当告谁？

禹之章肆·青鸟[1]

我让驩兜附在我身上，但从崇山上下来后，我就没再召唤过他。他身上那股黑气，总是让我感到害怕。而且他也说过，只要有日月的存在，舜帝的化身就有可能出现，所以在大多数时候他也不敢现身。

治水的工作繁重而枯燥，每天都有人死去，每个地方都有部落灭亡。看多了这些惨剧之后，我忍不住怀疑起来：舜帝真是一个贤明的天子吗？如果是，那他治下的百姓为什么要受这么多的苦？如果不是，那百姓为什么还要那么称赞他？还是真如驩兜所说，他身上披着一层伪善的皮？

我一边治水，一边还要忍受着心里沉重的抑郁。我开始经常睡不着觉，白天明明干了一天的活，到晚上累得要死，可就是睡不着。

直到这天，后方送来了一批衣服，都是治水者的妻女们为他们的父亲、丈夫和儿子赶制的。送到我手里的也有一件，样式好丑，针线好粗，还不合身，他们是叫了哪个婆婆给我缝制的？

"这是涂山亲手做的哟。"

1　青鸟：上古典籍中经常出现的神鸟，西王母的直系下属，常为诸神传信、取食。

"啊，是阿娇！"

我再看看这件皮衣，忽然觉得不怎么丑了。阿娇是涂山一族的神女啊，现在居然为我缝制衣服？仔细看看，一些针线边缘有好些个暗红斑点，送衣服的人告诉我，那是被针刺破手指流出来的血，洗不干净留下的。

听了这话，心里忽然莫名地疼了起来，但这件衣服穿上之后，我就再不肯脱下了。

每次治水到烦闷的时候，每次因为骧兜说的那些事情而不知如何排解的时候，我就摸着衣服，心里想远方还有一个人在等我，想着跟她在一起的那些虽然短暂，却无忧无虑的时光。只有这样我才能睡着，第二天才有力气继续把手头的活干下去。

春天过去了，夏天来了，南方的夏天又潮湿又炎热，虽然总泡在水里，但泡得太久，我们这些人的腿毛都脱光了。那些炎热与潮湿，就更增添了我们的烦躁。一些人染了病，却还要带病干活，这日子简直难以忍受。大夏天的虫子又多，晚上叫得人睡不着。

治水的大部队里，白天强打士气，到了晚上就哼哼唧唧，所有人都是满腹的郁闷。

直到这天晚上，月光之下，一只漂亮的青鸟掠过天空，皓月成了它的背景，把它的青色衬托得那般空灵。

"啊！"伯翳说，"那是青鸟！"

青鸟是传说中的神鸟，能隔着时空，为诸神传信传音，真没想到会在这里见到。

治水部队所有人都昂起头来，望着青鸟，听到暗夜之中传来一阵美妙的歌声：

候人兮猗，子胡不归？

夏虫啾啾，入我双扉。

夏月皎皎，照我床帏。

远人无在，揽衣徘徊。

思之念之，此当告谁？

这不是娇的声音吗？

我一时间听得呆了，又听伯翳说："是姐姐在唱歌。青鸟把姐姐的声音带过来了。"

那歌一开始只是娇一人在唱，慢慢地后面就加入了一个两个、三个四个，最后是几十个、上百个女人在唱。所有治水的男人都坐了起来，看着白月中的青鸟，听着夏夜里的歌声，各自从歌里头寻找自己的母亲、妻子、女儿和姐妹。

好些人都哭了起来。眼泪流出来，痛苦与烦闷似乎也随之而去。

这天夜里，无数人都在青鸟带来的歌声中沉沉睡去，在梦中与亲人和爱人相会。

我也梦到了娇，亲眼看见她倚在门边等我，亲耳听见她让我治好水快些回去。

会的，我一定会的！娇，你等我！

一个好梦过后，第二天队伍里个个精神百倍，连几个生病的都好了。

我们每到一个地方，就治理一个地方；治理了一个地方，就救助了一群人，被救的人也跟着加入了治水的部队，听我号令的部落也就变得越来越多。

炎热的夏天慢慢过去了，秋风起，天气转凉，但今年秋天的雨水特别多，洪水暴涨，渚崖之间不辨牛马。治水的部队虽然迅速壮大，但在滔滔洪水面前却渺小得如同一群蚂蚁，许多千辛万苦筑起来的堤坝，被那漫天肆虐的洪水一冲，无影无踪。

看着被摧毁的堤坝和被冲走的同伴，许多壮汉和老人一时间哭得像孩子一样。

"这水真能治吗？"面对这浩荡天威，原本鼓起来的士气一下子都低迷了下去。

"啊！青鸟，青鸟！"

我和所有人一起抬头，只见满天乌云之中，大雨滂沱里头，一只青鸟在雨线之中翱翔。风在吼着天，雨在刷着地，发出的声音似乎要淹没整个世界，却淹没不了青鸟带来的歌声：

> 候人兮猗，子胡不归？
> 瑟瑟秋雨，填填秋雷。
> 觉后思君，见与梦违。
> 道阻路长，音信稀微。
> 思之念之，此当告谁？

歌声里有娇的声音，却不只她一个人，那是一村的女人在一起歌唱。

"她们在想我们……"一个青年喃喃说，不知道是在思念他的母亲，还是在思念他的妻子。

我跳了起来，叫道："那还等什么！动手，动手！一起把这见鬼的洪水赶到海里去，然后我们就回家！"

"对啊！"子契、姬弃都叫了起来，"动手！把这见鬼的洪水赶到海里去，然后我们回家！"

"没错！"伯翳叫道，"降服洪水，然后回家！"

"降服洪水，然后回家！"

所有人都涌向了堤坝。水势还是那么漫大，却再淹没不了我们的声音。

秋天终于过去了，洪水的势头下去了，但许多部落都遭了灾。我们得带着舜帝筹集来的粮食物资，到各地去发放，免得各个部落在大灾之后冻死、饿死。

治水的队伍，在这个冬天变成了赈灾的队伍。受灾的部落有我们安抚，但我们这些在安抚人的队伍又好到哪里去？

这一日风雪交加，我回到临时住所时经过一处树林，树木的花叶早已凋零殆尽，只剩下满树枝的积雪，这时一阵歌声在林中传出。这次没有别人，只有娇一人用一个有些脆弱的声音在独自吟哦：

> 候人兮猗，子胡不归？
> 茫茫冬雪，自昼及晦。
> 北风惨栗，独守难寐。
> 夜长梦短，怎堪憔悴。
> 思之念之，此当告谁？

我听得心里发酸。走近树林，在一棵杨树和一棵柳树中间，一只青鸟傲然悬立于空中，口吐人言："文命，我受涂山七尾所托，为你带来了三次歌声，此外还有个口讯要传给你。"

我向青鸟行了一礼，以示感谢，然后就听它口里吐出七尾的声音："姐夫，姐姐怀孕了。不知道他们告诉你没有，但无论如何，你最好赶在她临盆之前，回来一趟。"

这个冬天，家里忽然挤了起来。不是屋子忽然变小了，是东西忽然变多了。

自从文命知道我怀孕后，就陆陆续续让人送东西过来。

一开始是送来了鹿蜀[1]。鹿蜀这东西，佩之宜子孙。我怀孕，他送这个来倒也应景，而且这东西很难得，有一撮毛，能让牛马群疯狂繁衍；有一块皮，能让一对夫妇多子多孙；有一条尾巴，能繁荣整个家族；有一支角，能昌盛整个部落——可他把整头鹿蜀送过来算什么？希望我肚子里生出一整个国家吗？

然后开始送吃的来，丹山之雀、洞庭之鱼、渤泽之嘉果、招摇之祝馀、昆仑之沙棠、寿木之落花、南极之碧菜、云梦之青芹，还有阳朴之姜、招摇之桂、越骆之菌，一堆又一堆，看得我眼花缭乱，大概他走南闯北地治水，这才积攒下这么多东西，据说里头也有各个部落的首领听说我怀孕后送的。这里面竟然还有两条活的赤鱬，这东西长着四只脚，还有

1　鹿蜀：生于杻（niǔ）阳之山的一种怪兽，身体形状像马，身上的纹路像虎，白头红尾，拥有促进生物群繁衍的神奇能力。

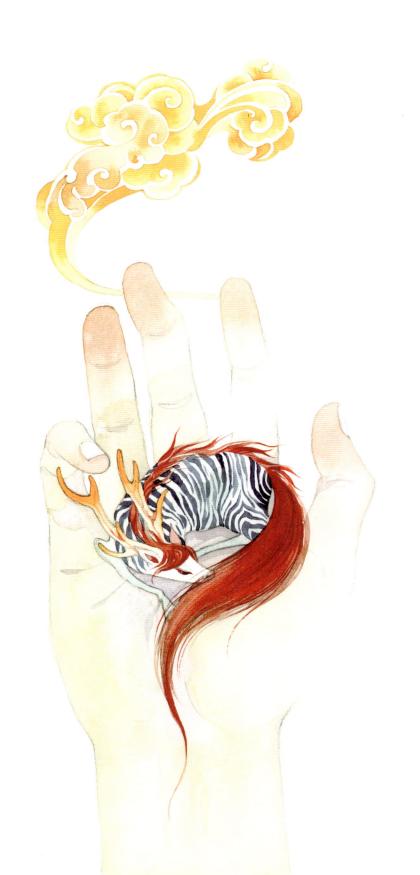

尾巴，能游泳，能上树，是极其难抓的，也不知道文命怎么弄到的。

再然后就是送药了，有当归，有川芎，有白芍，有益母草，这些都是孕妇用的好药；还有茯苓，这就很贵重了——可为什么还有荜茇？这种草很难得，但我又没有心痛的病。还有鲛鱼的骨，这是治疫疾的；还有滑鱼的皮，这是治皮肤病的——这都什么鬼！让男人置办东西，就是不靠谱。

其实他送不送东西来都无所谓，我更想看到的是他的人。但洪水前线的情况一直很着急，入冬的时候皋陶伯伯亲自来找过我，向我道歉，说一整个秋天，他都压着我怀孕的消息不让文命知道，怕他分心，后来文命还是知道了，于是东西陆陆续续地送，但他的人还是回不来。

皋陶伯伯答应我，只要医者诊断出我的产期，他就无论如何都会设法让文命回来。

白天的时候，都有治水者家眷来陪我，但到了晚上，空床孤枕，身边又没个知暖知热的人，心中一时感到难受。口渴得厉害，想要喝水，忽觉得腰酸难动。这时一只手轻轻托住了我的后颈，递过来了一个陶碗，碗里头是刚刚好的温水。

还没看到来人的模样，只凭那熟悉得不能再熟悉的气息，我就知道是七尾，一时间也哽咽了："妹妹。"

七尾服侍我喝了水，服侍我躺好，跟着上来跟我并排躺着。

"你什么时候来的？"我问。

"姐姐下山之后，我就在后面一直跟着。"七尾说，"但我看你明明发现了我，却假装不知道，就没现身。"

我应了一声，想说什么，喉咙却被一种酸涩的味道堵住，说不出话来。

一晃眼又几个月过去了，按理说我早该临盆了，但肚子却迟迟没有动静。皋陶伯伯有些担心，派了医者来诊断了几次，结果都说胎儿很平安，但偏偏就是没有临盆的迹象，他们也觉得很奇怪。

我莫名地有些焦躁。青鸟已经回了昆仑，我们只能通过往来信使传口信。听信使说，文命在治水前线听说孩子迟迟不生，也很着急，很是担心我。七尾嘟哝说："空口白牙的担心有什么用，他担心他就回来啊！"

信使愣愣地不知道怎么回答，临走忽然想起什么，摸出一小包东西来："差点忘了，还有这个。"

信使走后，我打开小包裹，里头是一块木头，雕着一个大肚子的女人、一只大肚子的九尾狐狸，另外还有一个手足无措、满脸焦急的男人。七尾呸了一声说："雕得真丑！"

我却一下子笑了，这个没良心的，就知道哄我开心！

三块木雕之外，还有一块木板，上面刻了些字。七尾有些诧异："姐夫还会写字啊。"

这个年代，懂得写字的人凤毛麟角，一个部落里通常只有族长、巫，以及他们的继承者才会写字，而且得是和中原交流较深的部落。就像我们涂山氏，也是在颛顼时期才学会的。文命说他连姓都没有，可他居然会写字。

"姐夫写了什么？"

"他说，他妈妈怀他的时候，怀了三年才生出来，所以他的血脉也许有些特殊。只要医者说身体没有大碍，我就不用太担心。"

"还有这样的事情！"七尾有些惊讶。

"我也觉得，你姐夫他不是普通人。"我把信妥妥收藏好，摸着肚子，"也许肚子里这个孩子，将来也不普通。"

肚子里的那个冤家似乎感应到了什么，猛地狂跳了几下。我感应到了小东西的生命力，心里莫名生起一阵难言的欢喜。这两个月我一直担心孩子会有问题，现在既然他能平安，我也就放心了。

日子啊，就这样一天又一天过去。我的肚子圆鼓鼓的，不再大下去了，可小东西就是不肯爬出来。

夏去秋来，冬去春来，转眼又是两年，治水前线的消息十天半月的就会传回来一次，各地的麻烦事竟是越来越多。从知道我怀孕后又是两年过去，文命竟然还是没能回家。

皋陶伯伯来了，脸上带着歉意："天下洪水的情况，其实是在好转，因为文命治水的路子是卓有成效的。可就是因为有效，让文命的声望也越来越高，现在天下各处一有险情，有时候都不去帝丘求救，直接跑去找文命了，所以才搞得他疲于奔命。现在舜帝已经正式委任他为司空，总掌治水之事。"

"那他什么时候能回来……"我托着肚子说，"难道真要等到孩子出生么？"

忽然肚子一阵剧痛，我脸色变得苍白，整个人几乎都站立不住。七尾赶紧扶我回屋，皋陶伯伯的脸色也变了，赶紧去找医者。诊断过后，医者说："临盆就在最近了，或十天半月，或三天五天。"

"我这就去调文命回来！"皋陶伯伯说，"我亲自去前线替他！"

他说完，化为飞廉就去了。

在七尾的照顾下，我的情况稳定了下来。这日得到消息，皋陶伯伯已经暂时替了文命的位置，把他换下让他好回家，大概三天之内就能到。

听到消息我又恼恨又欢喜，恼恨的是他三年才回来一次，欢喜的是他终究是要回来了。

"妹妹，扶我起来，打一盆水。"

水打来了，照着里头的人，发髻蓬松，脸也有些浮肿。

我摸了摸："好丑。"

"哪里会！"七尾说，"姐姐最漂亮了。"

"可我不想他见到我这个样子。"

文命送来的东西里头，有宰揭[1]之露。这种露水最滋润皮肤了，又不会妨害胎儿，七尾就帮我敷脸润肤。

持续三年的等待本来已经让我逐渐麻木，但一知道他快回来了，哪怕只是三天，却又叫人度日如年了。

可是左等右等，三天过去，还是没见那没良心的身影。

这时我下身忽有便意，助产的婆婆道："哎呀，羊水破了！"

几个人便七手八脚地把我扶回去。我说："把床挪到窗户边，把窗户打开！我一边生，一边等他！"

"生产时不能见风。"助产的婆婆说。

"那就留下一条缝隙。"我说，"我没那么娇嫩，我的孩子也没那么脆弱。我们涂山一族，就是在野地里独自一个人，也能把孩子生下来。"

她们拗不过我，便把床抬到窗边，把窗户留下一条缝隙。我听着助产婆婆的话，吸气吐气，也不管下身传来的痛楚，眼睛只是盯着窗外。时间变得好长好长，终于听助产的婆婆说："用力，用力！见到头了！"

七尾也说："是啊，姐姐，见到孩子的头了！"

这时窗外的远处，一个胡子拉碴的男人骑着一匹高头大马赶来。才闯入我的视野，那匹马就一头栽倒累死了。男人爬起来，从马背抓起一大堆东西背了，吭哧吭哧地跑过来。他污垢满面，可我还是一眼就认出了是文命。

---

1 宰揭：古代地名，这里所产的凝露颜色就像玉石一样，十分珍贵。

"这个冤家!"我心里一阵宽松,"你终于是赶上了!"

看看他已经快到家门口了,忽然信使急赶了来,叫道:"司空,司空!不好了,汾水发大水,皮氏二十七部一万六千多口,命在旦夕!舜帝下令,让你闻令即行,不得有片刻迟延!"

我的心一下子提了起来,就见文命僵在那里,左右为难,搓手蹭脚,终于长叹一声,把背上那堆东西往门口一丢,叫道:"娇!我……唉!"他一个转身,不敢回头地狂奔而去。

七尾听见,就要冲出去,我左手却把她拉住:"让他去吧!"右手恨恨地捶了捶窗户:"小冤家,你出来吧!"

一个用力,一声婴儿啼哭响了起来,文命狂奔的身形整个人僵了僵,但还是走了,终于消失在我的视线之外。我阖上了窗户的那一条缝隙,不顾助产婆婆的劝阻,起来亲自给切断脐带,洗了澡,抱在了怀里。

孩子出生之后,吃着我的奶,长得飞快,十几天过去就长得如三岁小孩一般大。别人都感到诧异,但我并不惊讶,我怀了他三年,他落地后迅速成长又有什么不妥?再说我是涂山氏神女,我丈夫也不是普通人,我们的孩子就算有些神异又如何!

汾水的险情,来得可怕,去得也快,没几天就传来消息,说险情已过。舜帝特批了个假期,让文命可以回家,应该能赶上孩子满月给他命名。

文命现在是司空了,周边各部、帝丘四岳都有送东西来祝贺,还有一些部落感念文命的救命之恩,也派人送来了礼物,衣服、食物堆了半屋子。子契、姬弃,还有伯翳也都送来了东西。

小家伙已经能牙牙学语,什么都学得快。他坐在一堆玩具中间,婆姨们便怂恿他挑东西,要看小家伙的志向。小家伙不看鲜花,也不看丝绸,一只手抓起了一把木制的小刀,另一只手转向了一片兽骨——那兽骨可

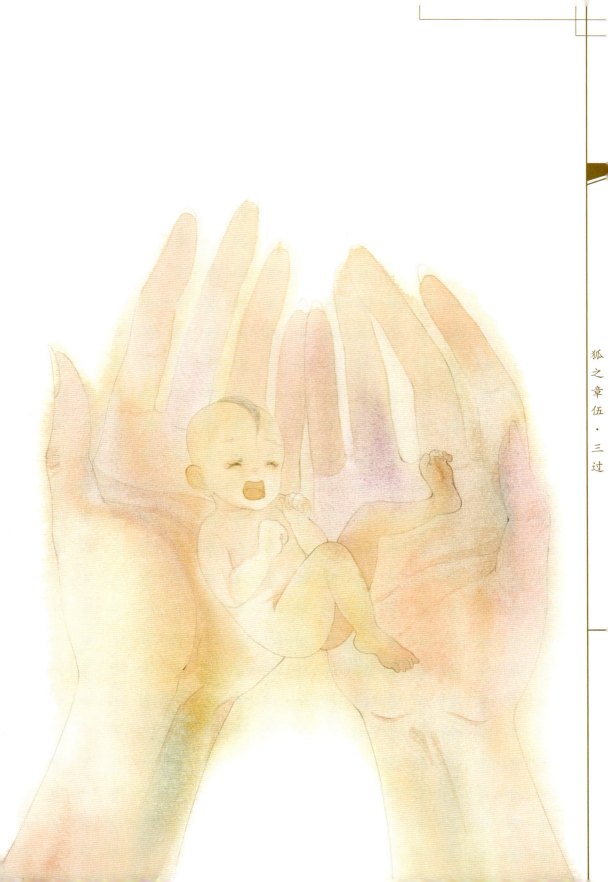

不是玩具，是伯翳这两年绘制的山川地理图。他每绘成一片，就送来家里存着，今天是随手放一片在玩具里头凑数，没想到小家伙就看上了。

"小家伙还挺有志气啊。"七尾说，"姐姐，给他起名吧。"

"哎哟，这名得司空回来了起。"一个婆婆说。

七尾傲然道："我们涂山一族的规矩，都是母亲给起名！"又道："说起来，姐夫怎么还不回来。"

说什么来什么，透过窗户，就望见文命骑着马向这边走。这次他倒是没那么焦急了，走得近了，看得出他脸上喜滋滋的，到了门外还好整以暇地绑马。我正想着等他进门要怎么敲打他一下，就又看见一个信使窜了出来。

我心头火起，正发作，只听信使带着哭腔："司空，火神村出事了！"

听了这话，不管文命还是我都脸色大变。

"什么！"文命在门外厉声说。

"湘水突然暴涨，祝融部危在旦夕，火之源种一时没法移动，天下各部的精锐现在全都在往那边赶。"

火之源种，是全世界火的源头。如果源火被淹没，天下万火就都会熄灭，全世界就会无火可用！

"这！"

"快去！"我叫了起来，"火之源种要是没了，那全天下就要陷入永夜了！"

到时只怕全世界就要回到暗无天日的蛮荒时期，我涂山一族也将深受其害。

文命咬了咬牙，把东西扔在门口："这些给孩子玩。"就解了马绳匆匆跑了。

七尾嘟哝着："都到家门口了，又走！"

"那有什么办法。"我说，"火之源种要是灭了，我们涂山氏也得遭殃。天下万国万族，全都得遭殃。"

"可，就差姐夫一个人？"

一个婆子笑着说："说不定，可就得司空去，事情才能圆满呢。"

我笑了笑，不管怎么样，我孩子的父亲被人夸赞，被人依赖，仍然是一件值得骄傲的事情。我抱起小家伙，说："你的父亲，他说他还没有姓氏，但以他的威望，将来你们父子两个，一定能建立一个伟大的部落。你将来一定能建大功、立大德。孩子，你的名，就叫启吧。"

日子又回归平静，我的心也变得波澜不惊。我还是有些想念文命，不过经历这么多以后，竟然也渐渐习惯了。

也许，到他该回家的时候，他就会回来了吧。

这天傍晚，我偶尔转头，眼光透过窗户，竟然发现了文命的身影，明明没人通知我他会回来，可他却出现了。只不过这一次既没有临盆那天的焦心急躁，也没有满月那天的意气风发。

他整个人看起来似乎很疲倦，走来的时候也慢悠悠的，似乎满肚子的心事。

文命，你是怎么了？出什么事情了吗？

就在他走到门口，就在我要出去迎他的时候，信使又出现了："司空，舜帝亲临，巡视治水工地，请速往接驾！"

禹之章伍·火神

阿娇怀孕了，她怀孕了！

我要有孩子了！

我跑过去抱住子契："阿娇怀孕了！我们有孩子了！"

子契："老大，恭喜恭喜！"

我抱住姬弃："阿娇怀孕了！我们有孩子了！"

姬弃："老大，恭喜恭喜！"

我抱住伯翳："阿娇怀孕了！我们有孩子了！"

伯翳："姐夫，恭喜恭喜！"

我又抱住了一个树桩："阿娇怀孕了！我们有孩子了！"

众人："……"

哈哈，哈哈！

我也不知道自己在做什么，手乱舞，脚乱跳，嘴巴怎么都合不拢，心里原本空荡荡的某处，忽然被一种东西塞满了，自有生以来二十多年，从未有过这样的满足感。

哈哈哈哈，哈哈哈哈……

这一整天，治水工地上到处都有我的身影，到处都有我的笑声。我见人就抱，讨一声"恭喜恭喜"。直到夜幕降临，一片乌云遮盖了月亮，右手胀痛起来，一个人面鸟喙的纹身显现出来，那是骥兜。

"恭喜了，"骥兜说，"不过往后你要更加小心。如果被人知道你是罪人之子，不但你要死，你的妻子，你的儿子，也得跟着没命。"

我打了个寒战，就像一盆冷水浇下！

"不会吧……就算……我是罪人之子，可我治水有功……你不要胡乱说话！阿娇不会有事的！我儿子也不会有事的！"

"喊喊，喊喊……"骥兜的纹身消失了，但那笑声却在我的脑海里盘旋。这笑声唤醒了一场久远的回忆，那时我还在一片混沌之中，迷蒙间只觉得有一片炎热的死亡气息逼迫而来——那恐怖的气息逼得我连心跳都几乎要停止！

那是什么时候的回忆？二十岁？不对！十五岁？不对！五六岁？不对！完全不记得我什么时候面对过这么可怕的敌人啊。

第二天开始，就陆陆续续有人给我送东西来——他们都是我治水救出来的部落民众，有送吃的，有送药的，有送各种珍品的，杻阳山[1]的赤金部落甚至送了我一头神兽。伯翳说那是鹿蜀，宜子宜孙。本来我不想收这些东西，但子契说这是大家一番心意，只是为了贺喜，我便听了伯翳的建议，禀报了舜帝，得到了舜帝的许可之后才收了礼物。

我一时还没法回去，只能先托人将东西陆陆续续地送回家，又启禀舜帝，希望他能准我回家——虽然我发过誓言，但毕竟是孩子要出生了啊，

1　杻阳山：上古著名的矿产地，山南盛产黄金（赤金），山北盛产白银，是鹿蜀的诞生地。

还是希望舜帝能够酌情。没多久就得到了皋陶的回复，舜帝已经派了医者去看护阿娇了，一旦诊断出临盆日期，就特许我回家一趟，尽管不能立刻回去，但我也没有什么怨言。

天下还在滔滔洪水之中，每天都有人死去，每个月都有部落灭亡，我有妻儿，可别人的妻儿也还在洪水的威胁之下，都在等着我们去拯救——这份责任我当初既然扛起，就不能轻易放下——家国之间，有时候难以两全。

一天又一天，一月又一月，八九个月过去，阿娇那边还是没有临盆的消息。我开始着急了，心里像有蚂蚁在爬，她们母子俩不会出什么事情吧？可皋陶传来的消息却说：医者诊断过，母子平安，只是孩子尚未有出世的迹象。

忽然我想起了极幼时的情况——我和别人不同，几乎出生之后就能记事，而我出世的时候，似乎就已经三四岁大了，那么我的母亲是怀了我好几年？想到这里，我给阿娇写了一封信，让她安心，但我自己的一颗心却总是悬着。

夏去秋来，冬去春来，转眼又是两年。

这两年里，天下洪水的情况正在迅速好转，我们的治水部队救下了上百个部落，几十万人，我的名声也远远传播开去，以至于后来只要有哪个地方出事，就会派人来求救，不但是请我去治水，就连有些部落出现了纠纷，竟然也请我去仲裁。肩头上的责任越多、越重，抽身就越不容易，回家的路就变得越是艰难。而舜帝也正式任命我为司空，总掌治水事务。

一个无日无月的夜晚，我悄悄唤出骥兜，对他说："你看，舜帝还是赏罚分明的。我治水有功，他就任命我做司空，他老人家不像你说的那么坏。"

"嘿嘿……"骧兜的笑声在黑暗中总是叫人不寒而栗，"那是因为他还不知道你是鲧的儿子！"

我不愿意相信他的话，那样也将人看得太黑暗了。

这时空中忽然传来声音，骧兜急忙消隐。一阵大风刮过，吹散了乌云，一头年老的飞廉出现在半空，苍老而浑厚的声音回荡着："文命何在？"

伯翳从帐篷里跳了出来："是我家老头子。"

皋陶降落下来："文命，阿娇快临盆了，你和我交接一下，这就回去！"

"啊！"我几乎一下子跳了起来，什么舜帝，什么骧兜，什么冤仇……什么都不管了！我赶紧与皋陶交接事务，子契召唤来一头韩雁给后方传信，告诉她们我将争取在三日之内抵达。

我一路狂奔，逢山过山，遇水渡河，人生第一次痛恨自己为什么没有子契那样一双翅膀！临近济水时又换了一匹马，结果因为催逼太过，望见家门的时候连马也跑死了！

看看家门就在眼前，忽然有使者窜出来扯住了我："司空，司空！不好了，汾水发大水，皮氏二十七部一万六千多口，命在旦夕！舜帝下令，让你闻令即行，不得有片刻迟延！"

我听得目瞪口呆，僵在那里动也不能动一下，一边是妻子临盆，一边是帝命难违，一边是孩子出世在即，一边是上万条性命危在旦夕。我想，是不是就进去看一眼？但很快沉水部落灭族的惨状在我脑中闪过——我发过誓的，洪水不治，誓不归家！万一违反誓言，会不会令上天降祸？如果汾水发生像沉水那样的惨祸，不但我的心不得安宁，只怕我的妻儿也要跟着背上骂名。

终于长叹一声，把带来的东西往门口一丢，叫道："娇！我……唉！"我心中对妻子有愧，头也不敢回，向汾水方向狂奔。忽然一声婴儿啼哭在后方响了起来！

我整个人僵得不能动弹！

我的孩子出世了？

我极想回头去看一眼，最后却还是一咬牙，算了，既已转身，就莫回头！若让我看到阿娇和孩子，只怕我更没法离开了。

汾水的情况果然危急，在当地主持治水的部落首领又昏庸不堪。幸亏我及时赶到，当机立断破堤泄洪，虽然淹没了上万亩稷田，可皮氏二十七部保住了性命，若是迟来片刻，不但人命攸关，稷田也未必保得住了。

汾水的危机来得快，去得也快，不到半个月我就已经理顺了灾后事宜，将事物交接出去后便启程回家，反正小家伙都已经爬出来了，我就赶他的满月吧。所以这一路我就没上次那么急了，一路给他搜集一些玩意儿。

没想到才到家门口，又被信使拦住，这一回他的话里头还带着哭腔："司空，火神村出事了！"

一听这话我脸色都变了，厉声喝问："什么！"

"湘水突然暴涨，祝融部危在旦夕，火之源种一时没法移动，天下各部的精锐现在全都在往那边赶。"

信使的话令我心头一阵发毛，火之源种如果熄灭，那影响的就不是一部一族，而是整个天下！

就在我震惊中，屋里传来阿娇的声音："快去！火之源种要是没了，那全天下就要陷入永夜了！"

我咬了咬牙，把东西扔在门口："这些给孩子玩。"就解了马绳匆匆赶往西南。

我一路狂奔赶到湘水之滨，但见漫天洪浪翻滚，泼天大雨狂泄，天

地之间一片苍茫，日月星辰都被可怕的水汽遮蔽了，分不清是黑夜还是白天。

怎么会有这么大的雨水？怎么会有这么肆虐的洪灾？

手臂一胀，骓兜再次显形。这次他不是以纹身显现，而是整个人化形而出，神色间惊讶而慎重："是共工！"

"什么？共工？水神共工氏？"

共工氏与祝融氏一样，乃是一个久远的部落，其部以共工为氏，历代族长都以共工为名。如果说祝融氏掌管的是火，那么共工氏掌管的就是水。可是自从数十年前舜帝将共工定为"四凶"之一，远放蛮荒后，共工氏就已经除名了——现在这个共工是？

"是末代共工的亡灵！他来报仇了！"

骓兜的叫声，竟然夹带着兴奋，这让我很是不满："我不清楚当年事件的真相，可就算你们是被冤枉的，要报仇也不应该拉全天下来陪葬。"

"你要做什么？"

"当然是阻止他！"

"你傻了吗？"骓兜说，"别忘了，你母亲也是四大罪人之一，而你是'四凶'的血脉，我们才是一伙的！"

"没人跟你们一伙！"我怒吼，"你给我滚回去！我姒文命不会为了报仇不择手段！"

"嘁嘁，小子，你会后悔的！"

我没拜访过祝融部，但这些年治水下来，早就熟悉水势的运行，只一眼就可看清大水往哪边涌，然后我就朝哪边冲，果然找到了那个危在旦夕的祝融村。

"祝融匹夫！"黑色水汽中荡漾出可怕的水响，"你祝融氏背信弃义，四百年前不顾父子之情，坏我姜姓复兴大业！三十年前又和虞舜狼狈为奸，流我族人，灭我氏名，害我性命！今日我既重见天日，便是你祝融氏火灭烟消之时！"

驩兜虽然被我赶了回去，却还是在我手臂上显现出纹身状态，雀跃着："果然是共工！他回来了！"

我捶了右手一拳："我说过，滚回去！"

共工亡灵所发动的大水，寻常堤坝根本挡不住。天下各部精锐能赶到的都已经赶到了，各部族长、大巫纷纷召来各自的守护神，数十位神祇环绕在祝融村周围，发动神力抵挡水势，却在黑色水汽的逼迫下步步退缩。

村落的中央，一团光芒护住了一团跳动的火焰。一个衰朽的老者正企图将那团火焰往自己身上引，结果火焰上身之后他却承受不起，惨叫着又将火焰吐出来。

"哈哈哈，"驩兜笑了起来，"老家伙承受不了火之源种了，嗯，他是不是已经把祝融之号交出去了？"

我没有回答他，只是"嗯"了一声。祝融氏十年前就已经完成代际交接，新一任的祝融氏常驻舜帝身边，是当今天下最强大的战神——我在帝丘的时候见过他。

共工的亡灵也在狂笑："老家伙，你不行了！"黑色的水汽暴涨，夹带着死灵魔蛊，将卫护在祝融村的数十位神祇全部卷走了。

老祝融望天哀号，发出最后的火力，将所有逼近的浪涛都蒸发成了水汽。方圆数十里，瞬间都笼罩在雾气之中。

然而火力再强，又怎么可能抵挡得住那弥天大水？末代共工的声音在狂笑着："看你抵挡得了多久。"

眼看着火焰圈子不停缩小，我知道不能再犹豫了，踏步挺身而出。

"你要做什么？"驩兜惊问。

"救火，救人！"说着，我发出一声怒吼，身上的皮肤变化，手变爪，人躯变熊！

"你疯了！在这里显形，你是要告诉天下人有熊氏还有后人吗？"

我却不管骓兜的喝阻："现在管不了那么多了！"最后一个字发出来，声音已经变成熊吼。

这时共工的亡灵正发动千层巨浪，对着祝融村的方向做出灭顶掩漫！

漫天雾气之中，我大踏步而出，将熊躯变得如同千丈山峦，挡在了千层巨浪前面！

轰隆——

千层巨浪扑打在我身上，那股大力令我的胸骨几乎都被撞折了，但我还是咬牙挺住了，双足承力下陷八百丈，正面的水浪被我挡住了。余波虽然透了过去，却都被祝融村周围的火焰瞬间蒸发。

"母亲，"我在心里默念，"把息壤再借我用一回吧。"

兵来将挡，水来土掩！

我将熊躯化作千层堤坝，死死挡住了扑过来的滔天巨浪！

"怎么回事？是谁？鲧，是你吗？为什么，为什么！"

我不管亡灵的聒噪，稍一回头，只见火之源种还在闪耀，心里才微微放心，却忽然瞥见老祝融仰头看着我发呆。不知是不是我的错觉，那眼神不是感激，竟是戒备！

"父亲！"

呼唤声中，一个英武的青年脚踏两条巨龙，凌空而至！

是祝融！他终于赶到了！

老祝融回过神来，叫道："快！灭了共工的亡灵！"

少祝融应了一声，乘龙破空，凝聚天火，形成炎刃，光芒透入黑色水汽中。魔氲水汽之中，共工的亡灵一阵惨号："祝融！妖鲧！我就算死，也要拖你们垫底！"

亡灵的声音消逝之际，水浪再次暴涨，这是共工的亡灵的最后冲击，我胸口的肋骨都被巨浪扑得根根断折，朝着少祝融发出怒吼："快救源火！我挡不住了！"

少祝融也是一惊，急窜而下，将祝融村的那一团火焰吸入自己体内，而后凌空而起，对我叫道："我先去保存火种，你保重！"然后他就朝南岳的方向飞去。

他一走，我一口气也泄了，再也不能支撑，任凭浪涛将我冲走。幸好这是共工的亡灵在灰飞烟灭前强行掀起的波澜，来得凶猛却也去得迅疾，倒灌回了洞庭湖。大水过后，湘水之滨满目疮痍，我自己更是身受重伤，身形缩回寻常熊的大小，匍匐在一棵栽倒的树旁喘息，但火之源种保住了，这一切就都值了。

喘息了不知多久，有脚步声迈近。微一转头，见是老祝融，我心才放了放，要说什么，喉咙里吐出的却只是熊的兽叫。

算了，等我恢复力气再说吧。

忽然！一股危机感逼迫而来！我再回头，就看见老祝融的手里正凝聚着火焰之刀！刚才少祝融杀共工的亡灵也是用这招。虽然老祝融的焰刀远不及少祝融的凌厉，但要对付现在的我，也够了！

可是，他真的要对付我？

我看向他的双眼，那双眼睛里竟满是杀气！

他要杀我，他真的要杀我！

可为什么啊！我刚刚救了源火，救了祝融村，救了天下啊！

"孽种，你怎么还活着！"老祝融的一句话让我的心一下子冷成了冰块！

跟着焰刀劈下，直要斩断我的头颅！

我狂吼一声，勉力躲过，但一片火网却迅速袭来，限死了我的活动。再然后，那把焰刀⋯⋯

忽然之间，一道记忆之光在我面前闪现！

天啊，我记起他了，我记起他了！

就是这样的眼神！就是这样的焰刃！就是这样逼人至死的炎热气息！

那是我还在娘胎时的场景，那是母亲留给我的记忆！

就是他，在我母亲还怀着我的时候，杀了我的母亲！而且还要杀我！

"父亲，你做什么！"

千钧一发之际，一只手拦住了焰刃，是少祝融。

"你快走开，这是个孽种！"

"孽种？可他刚刚救了源火，救了我们祝融村。"

"你懂什么！这个孽种之母，和共工并列'四凶'。他们是一伙的，刚才也许只是他们做的一场戏！"

少祝融的眼神明显露出讶异和犹豫，我却已经不敢等他来决定我的生死了，趁着他们还在纠缠，奋起最后的力气冲出火网。火焰灼伤了我的皮毛，但我却不敢停留舔伤口，不要命地逃！逃！逃！

直逃出百里之外，力气用尽，这才钻入一个洞穴舔伤口喘息。

"看到了吧，看到了吧！"驩兜从我身体里化出，在洞穴外面为我布设了一个幻阵，骗过了追赶过来的老祝融，才回来说，"怎么样，现在该相信我的话了吧？他们祝融氏，是父亲英雄、儿子好汉，你呢？你母亲是罪人，你也就只能是罪人，一辈子都别想摆脱这诅咒！"

我整个人浑浑噩噩的，只觉得自小从白色鱼影那里接受的教导，里头那些所谓真、善、美、德，就都要崩塌了。我救了天下，落得的下场却是被英雄追杀，然后再被世人眼里的妖魔、罪人救了我。这一切就只因为我母亲是罪人？

"你个糊涂的小子，好好想想谁跟你才是'自己人'吧！"

听着骥兜最后的笑声，迷迷糊糊中，我睡了过去。醒来过后，体力稍稍恢复，身体也变回了人形。走出山洞后不久，就遇到了人群，他们看到我就欢呼起来，我被他们欢呼得莫名其妙，却还是被他们簇拥到湘水之滨，然后就看到了祝融一族。

我有些担心地看着祝融父子，不知道他们认不认得出我，却听老祝融指着我说："这次救了源火的，是文命，就是我们新任的司空！他是我们的英雄！"

人群再次爆发出了欢呼。我一开始有些愕然，但这时骥兜在我的耳后显现成纹，低声说："还不明白？他没认出你，但这场功劳又得有人来领受，所以就顺水推舟送给你了。嘁嘁，嘁嘁！他们要扶你的时候，你就是众善所归；他们要踩你的时候，你就是众恶之源！"

就在这时，老祝融也向我望了过来，那眼神带着"彼此心照"的深意，在见我没有拒绝人群的崇拜后笑了出来。他身边的少祝融却"哼"了一声。

在这场荒谬的事件中，身为"治水司空"的我明明什么都没做，却揽尽了一切功劳，万众瞩目；身为"罪人之子"的我明明拼了性命，所有的努力却被尽数剥夺，无人知晓。

当天晚上，老祝融在湘水之滨为我举行了一场庆功盛宴，席间他让少祝融来向我敬酒。而少祝融再也忍耐不住，丢了酒碗，不顾万人侧目就乘龙而去了。

在场千万人中，他是唯一一个不给我脸面的人，但正是他那离去的背影，让我觉得这个人间还有一点希望。

经此一事，我的声望又上了一个台阶，但我却觉得很累很累。我现在什么也不想了，只想回家！

祝融村的事情结束后，我推掉了一切事务，走上了回家的路。

那个熟悉的门就在眼前了，门后面有我的妻、我的儿。他们在的地方，就是我的家。

这一次没人来通知什么，我只想安安静静地走过那道门，安安静静地陪伴我的家人。

然而就在要进门的时候，信使又出现了："司空，舜帝亲临，巡视治水工地，请速往接驾！"

启儿看着窗外，我看着启儿。

所有来过家里的人都告诉他：你的父亲为天下治水去了，等洪水治好就会回来。

天下是什么东西，启儿不知道；治水是什么事情，启儿也还不懂。看起来已经三岁的他，只会像现在这样趴在窗户边，盼望着别人口中的"父亲"。

我看得心里很酸。三年过去，我竟然已经习惯了没有文命的日子，可看着儿子的背影，我再一次感觉到家庭离散的难以忍受。

"鸟，鸟！"

启儿稚嫩的手指向窗外的天空，那里出现一片炫丽的彩色，但那不是鸟，而是飞廉。

漂亮的飞廉落到我家门口，变成人形。三年过去，伯翳已经长成了一个英俊的青年。

启儿滴溜溜的眼睛懵然地看向我，只瞧眼神我就知道他在询问什么。

"叫舅舅。"

"舅舅。"启儿奶声奶气地叫了一声。

伯翳这次来，除了带来一大堆东西之外，似乎还带来了一肚子的闷气。

"这是东山系的图谱，这是南山系的图谱，这是西海的图谱，这是南荒的图谱……"他清理着那几十块兽骨和龟甲，还有上百木片，"这些年走下来，连同我之前的足迹，我们华族势力所及的地方，基本快走遍了。等治水成功，我们就把这些图片整理一下，画出一张大大的山岳河海图来。"

"治水，治水！"在地上摆弄着龟甲木片的启儿忽然叫了起来。在他听到的话里，"治水"是听到的仅比"娘亲"少的词语，因为他总是听到"治水"和一个他要叫"爹"的男人连在一起。我心疼地安抚了他一下，就看见伯翳气呼呼地坐在窗边。

"伯翳，你这次回来神色不对，是出了什么事情了吗？"

伯翳看着启儿，不肯开口。七尾很有眼色，就把孩子抱走了，伯翳这才开口："姐姐，你小心些，姐夫要变心了。"

我怔了怔，有些不明白。

"就是之前，舜帝来巡——他老人家来看看工地也没什么，可没想到他两个女儿[1]也跟了来。那两个女人，一个叫宵明，一个叫烛光，看到姐夫，眼珠子就转不动了。"

"然后你姐夫就跟她们眉来眼去了？"

"那倒没有。"伯翳说，"姐夫一开始看都没看她们俩，就只是向舜帝禀报治水的种种经过，还有未来的计划。"

我笑了："既然这样，那还担心什么。"

---

1 宵明和烛光是舜帝和登比氏所生的两个女儿。根据《山海经》记载，二女之灵能照方圆百里。

虽然母亲总是教育我说"丈夫丈夫，一丈之外就夫不成夫"，但我还是觉得她想多了，我看上的人，不会是那样的。

"可是后来舜帝走了之后，那两个女的却不肯走！她们打着要帮忙治水的幌子，整天都往姐夫身边凑！"伯翳气呼呼的，"她们那心思，只要是有眼睛的人，谁都知道是要干什么。"

我皱了皱眉头："她们不知道你姐夫成亲了吗？"

"没用！"伯翳说，"姐姐，你常住在涂山，平原的事情可能知道的不多。你知不知道，舜帝是有两个妻子的。"

"我知道，一个是娥皇，一个是女英，天下有名的贤后嘛，而且她们还都是尧帝的女儿。当初舜帝立了大功，尧帝就把娥皇、女英一起嫁给了舜帝，这是天下传颂的佳话呢。"我嘟了嘟嘴，"不过这也就是你们山下人才有的事情，换了在我青丘之国，一个男人想同时和两个女人成亲？做梦！"

"你只知道娥皇、女英，"伯翳说，"可姐姐你知不知道，舜帝在此之前还有一个妻子，登比氏。"

我怔了一下，忽然想到了什么。

"姐姐你想到了，对吗？"伯翳再次气呼呼的，"姐夫立了大功，如今名扬天下，那两个女的看上姐夫了，就是想学娥皇、女英，让舜帝赐婚……"

他还没说完，我就忍不住了："她们把我当登比氏了？"

"怕是差不多……"

我一手摔了一个陶瓮："她们想得美！"

陶瓮碎成了几十片，七尾听到声音，抱着启儿跑了出来。我朝内一指："把孩子抱进去！"

我的脸色大概很不好看，七尾和伯翳都吓了一跳，启儿都给吓哭了。

我又重复了一句："把孩子抱进去！"等七尾进去后，才又问伯翳："那你姐夫呢？他把那两个女人赶走没有？"

"这就是我最想不通的地方。"伯翳说，"我劝了三次，一开始是暗示，后来直接明说了，可姐夫就是不肯把那两个女人赶走！我觉得事情不对，就借口要送山海图谱，赶来跟姐姐你说。哼，当初我是领了姐姐的命要看好姐夫的，如果姐夫真在我眼皮子底下被人撬走，我就没脸来见姐姐你了。"

我只感到自己的鼻孔不停哼着气，当初让伯翳"看着点姐夫"，只是让伯翳有个台阶下的借口，没想到今天真发生了这种事情！

文命没姓氏，我不计较；他为了治水和我夫妻别离，我也可以忍受；迫于形势三过家门而不入，我也都认了——可要我容他和别的女人在一起？

我是涂山氏，不是登比氏！

发了一阵子火后，我的心却没有乱。

我是青丘之国的神女，曾经肩负着一国一族的命运，区区两个女人要来横插一脚，还不至于就乱了我的心。

不过事情没有亲见，还不能就下定判断。伯翳虽然和我亲，但也许文命有什么没法和他说的苦衷。虽然娘亲总说男人信不得，山下的男人尤其信不得，但对文命，我不愿意听了别人几句话就不再信任他，就算是伯翳的话也不行。

"你先回去，"我平服了一下情绪，"回头我会想办法的。"

"姐姐，你要……"

"我会先去找他，问个清楚！夫妻之间，有事必须当面说清楚，不能靠猜测。"

伯翳走后，哄了孩子睡觉的七尾走了出来。知道事情经过后，七尾也气得跳脚："娘亲就说，山下的男人都信不得！"

"现在还言之过早。"我说，"不过和他这样长久分离，也不行的。妹妹，你准备一下，我就带启儿去找他的父亲！"

"就这样去？"

"当然不是，"我挺起胸脯，"我要把治水者的妻子们，一起带到前线去找她们的丈夫！"

当天晚上，我就召集十几个有担当的婆姨，让她们在村里传出消息：我要去治水工地帮忙，若有能干活又愿意去受苦的，就跟我去。消息传出，整条村子都炸了，只要还能走、能扛的，没一个愿意落下。

想念丈夫的，不止我一个。

准备了三天，我将启儿绑在背上，就带着几百个健壮的妇女出发了。

伯翳告诉过我，如今治水大业已经接近尾声，现在文命他们正在攻龙门——那是最后也是最难的一道关口。如果能治好龙门，就能治好黄河，治好了黄河，就能治好天下！

这些年文命他们治水，一边治水，一边也打通了道路。伯翳加入之后，又在各要津准备了各种交通工具，遇山有辇，遇水有船。这个天下，正变得越来越像一个国家。

我带的几百个妇女，个个都是动手能搬石、抬脚能翻山的，而沿途的部族一听说我们是治水者的家眷，送吃的送吃，送行的送行，所以我们几百号人没饿着冻着。不到一个月工夫，我们就来到了龙门山附近。

龙门山这时聚集了近万条汉子，而我带来的几百个妇女，她们的丈夫就是这近万个男人的骨干。看见了我们，黄河边响起了震天的欢呼，几百个男人跑了出来，去拥抱他们的妻子，又有一百多个少年跑了出来，去拥抱他们的母亲。

文命看到我也是又惊又喜，但惊喜中我捕捉到了他眼神里有一点愧疚。

"娇，你怎么来了？！"

看到他惊喜，我就放心了，但看到他似乎有点愧疚，我就知道伯翳没骗我，这里一定出事了。

眼光一扫，不远处站着两个绝色少女，似乎还是一对双胞胎。我不再看她们第二眼，就松开绑带把孩子放下："启儿，去，那就是你爹！"

启儿摇摇晃晃地走过去，文命已经扑了过来，将启儿高举过头："这就是我儿子？哈哈，我儿子，我儿子！"他乐疯了一样，顶着儿子在黄河边上狂跑。我感受到有两道目光冷冷向我射来，却根本没有回望的打算，只是看着我的丈夫，还有他脖子上的我的儿子。

当天晚上，男人们要给远来的妻子办一个篝火宴会，结果却被我们夺了厨具——用女人们的话讲，这些男人做出来的东西能吃？结果还是我们几百号女人出手整治了几千号男人的伙食，把他们的肚子填得饱饱的。

只有宵明、烛光没有来参加，她们和她们的从人住在另外一个营地。

姬弃性子耿直，几乎都要哭了："自从出来治水，就没像今晚一样吃过一顿像样的了。"

"以后都会有的了。"我说，"家里的事情我们都安排好了，我们以后就跟着你们。你们只管治水，后勤我们来做，遇到需要人手的地方，我们也能帮忙。"

"这……这怎么行？"文命诺诺着。

"怎么不行！"我不让文命说下去，"我们女人一样有手有脚，治水是天下人共同的大业，不只是你们男人的事情。至少我就愿意留下来。就算再苦再累，我也愿意在你身边帮你。"

周围无数女人一起应和我："没错！我们也愿意留下来！"

她们的丈夫则向文命投来了祈求的目光："司空！"

文命无奈，看看我，看看部属，再看看无比热情的妇女们，终于点头答应了，于是一阵阵欢呼响彻夜空。

文命要给我们这些女人营建一个居住点，我拒绝了。

"我们是来帮忙的，不是来享福的，你们住哪，我们就住哪！我们就跟着我们的丈夫、儿子住。"

"不错，夫人说得不错！"所有妇人都响应我。

夜宴之后，我就钻进了那个狭小、邋遢的帐篷，快手快脚地把帐篷清理了一遍。文命抱着启儿，在那里看着我干活的模样，有些愣。

"怎么了？"

"你……你怎么会做这些……你是神女啊……"他走近了，拉起我的手，就着月光看那些斑痕与厚茧，忽然说不出话来。

我把他们父子俩拉进帐篷，我抱住启儿，再靠近文命的怀里："我早不是什么神女了，我只是你的妻子，我只是启儿的娘。"

由于我们的到来，整个治水工地，就像吃了米囊[1]一样，热情高涨，唱着歌干活，怎么都不累。

我们接手了一万多人所有的后勤，两餐[2]的料理烹调，衣服的浆洗缝补。自从我们来了以后，那些臭男人的衣服也干净了，精神也上来了。相形之下，宵明、烛光的营地就冷冷清清。关于她们俩，治水的大军中早就有各种流言蜚语传出，婆姨们听到这些传闻，虽然不敢在帝女面前发作，但总是对着帝女的营地吐口水，当面的时候也没一个有好脸色的。

1　米囊：罂粟的古称。
2　两餐：古代人一天只吃两顿饭，所以叫"一日两餐"。一日三餐是宋朝以后的事情。

经过两次这样的尴尬相遇后，宵明、烛光一连两天都没出营地了。

两三天的甜蜜期过去后，文命来找我。这几年下来，治水的队伍早被他管得妥妥帖帖的，一切都按照行军打仗来。他说军中行事，最怕不平等，虽然最近全军士气大振，但妻子来了的人心里高兴，那些妻子没来的，心里就不平衡，所以建议我们还是另立一个女营，在治水成功之前，大家只是战友，不是夫妻。

我觉得他说得很有道理，便答应了。

"你和启儿也得过去，带个头。"

"那当然！"

于是女营就立了起来，我自然而然就成了首领。

等一切就绪后，我说："把宵明、烛光也叫来，让她们也进女营。"

文命愣了一下："她们……是帝女。"

"帝女也是女的。"我说，"如果她们要做帝女，那就让她们回帝丘去。如果她们要加入治水大军，那就让她们进女营，听我的军令！你也说过，军中行事，不能有区别，不然会影响军心。"

"可是……"文命讷讷地说，"宵明、烛光能够在夜晚大放光明，有时候我们不得不连夜行动的时候，有她们在事情会顺利得多。如果不是这样，我早请她们回去了。"

"如果一定要留下，那就让她们进女营！"我说，"少了她们的特异能力，我们还可以另外设法补救，但军心要是乱了，这水还怎么治？"

文命被我说得没法反驳："好吧。"

我不知道他去跟那两个女人怎么说，但过了没多久，就听说二女要过来了。我传令：全体出迎！

毕竟是舜帝的女儿，怎么也得给几分薄面不是？

于是我把几百个膀大腰圆的妇女都带上了。看着她们向营门走来，我脸上还能挂着微笑，但几百个妇女可就都没好脸色了，一个个眼神都像刀子，宵明、烛光还没进营，连我都能感到有几百把刀子对她们戳啊戳啊！

我眼神好，老远就看到她们在营门口衣裾微颤，显然紧张，甚至害怕。要进营门时，我微笑着说："欢迎二位。"几百个妇女就一起吼了起来："欢迎二位。"我还算带着笑的，她们几百个简直就是老虎盯着羔羊的模样！这哪里是在欢迎，就像要吃人呢！

烛光"哇"的一声哭了，宵明顿了顿脚也跑了，文命尴尬地站在一旁。我斥责起来："看看你们，怎么这么凶，把人都吓跑了！"又对文命说："你再去请请。"

文命去了，但两位帝女却是打死也不肯来了。

"她们不……不肯来。"

是不敢来吧。

换了我，我也不会来，还没进营就是这样的架势，等进了营谁知道会发生什么？

文命讷讷地说："要不……"

"要不就让她们回帝丘去吧。"我打断了文命，自认识他以来，我从来没像今天这样与他拗过，但这次我半分也不退让，"如果她们要留下，就进女营。"

"这……"

看着文命还在犹豫，我问："你不舍得她们？"

"当然不是！"文命有些慌，"但她们毕竟是舜帝的女儿。"

"就因为她们是舜帝的女儿，所以才更应该公事公办！不然岂不是给天下人留下口实？那样也会玷污舜帝的名誉。"我说，"你亲自去跟她们说吧。要么，她们进女营，听我的号令；要么，她们回帝丘，做她们的帝女；要么……"

我顿了顿，然后把启儿抱起来："我走！"

可能是因为我的强硬，文命没再说什么就去了。

第二天，帝女的车驾就离开了龙门山，女营内外响起阵阵冷哂。

我找了个机会和文命独处，低声说："对不起，这次的事情，我让你为难了。"

可能是之前我表现得太强势，文命见我忽然道歉，似乎有点意外，却笑了起来："说什么呢！其实之前就因为她们是帝女，我总开不了口。现在她们走了，我可是松了一口气。"

他这句话，让我的心一下子畅快了起来，不觉就抱住了他。都没什么工夫打理自己的他，身上带着浓烈的汗臭，但我不计较，这是我男人的味道，不管是香的还是臭的，都属于我，且只属于我！

禹之章陆·兜惑

舜帝来巡视治水工地，这可是开天辟地头一遭！我没法不第一时间赶回去。

紧赶慢赶的，终于在御驾到达之前赶在了前头。幸亏我几年来一直以军事纪律来管理治水工作，上万人的队伍小半天就集聚起来，迎接舜帝的到来。

远远望见舜帝的御驾，成千上万的人就欢呼了起来，一些年纪大一点的甚至热泪盈眶。我看在眼里，心头也是一热，悄悄对骧兜说："看！这就是舜帝在人们中间的声望！他是伟大的帝，不是你口中那个无耻之徒。"

骧兜回应我的，却只是冷笑："我若坐在那个位置上，也能得到这欢呼！"

我不相信地哼了一声，便赶上去迎驾。这是我第二次见到舜帝，第一次是在帝丘，那时是去领受帝命，我杂处在几十个治水官中，大家一起听舜帝的训示；十几年后再见，当年他花白的头发如今已经全白了，而我现在也不再是当初那个十几岁的少年，而是统领治水大军的司空了。

因为有驩兜的事情，所以我面对舜帝时心里莫名地有些慌，正强作镇定，不料劈头就被舜帝训斥："这是做什么！"他老人家指着列队欢迎的众人："放着治水的大事不干，都跑这里来做什么！"

我的脸一下子臊得热了起来，虽然被责骂了，但我心里确是服气的，这件事情是我做得差了。

"父帝，"一个甜美的声音从舜帝身后响起，跟着一张脸俏皮地探了出来，"别这么凶巴巴的呀，人家司空也是为了迎接您老人家啊。"

我抬头望了一眼，就看到一个极漂亮的少女。她脸上似乎都放着光彩，与我眼神一对，她眼角带着笑意，我却赶紧把头低了下去，不敢再看。

就听舜帝骂道："这是公事，你少插嘴！"

我再抬头，就见少女吐了吐舌头，缩回后面去了，跟着便听见后面传来另一个甜美的笑声。

舜帝挥手："快让大伙儿该干吗干吗去，留下几个给我带路就行。"

我急忙传下号令，子契、姬弃领命而去。一传十十传百百传千千传万，几弹指工夫，一万多人就都领受了命令，各归岗位。

我注意到舜帝的眉毛扬了扬，拍了拍我的肩膀，对我说："好本事！把队伍治得这么好，怪不得当初三十六方治水官，就你治得了这洪荒大水！"

我赶紧说："还没呢！"

舜帝一笑："治水难，治人更难。你把人治理好了，治好水患的日子就不远了。"

他老人家没再啰嗦，让我带着直接上了河岸，一路问了我很多问题，每个问题都问到点子上！我心中暗暗钦佩，就知道他老人家虽然人在帝丘，但一定心系天下，不然不能把治水的事情了解到各种细节层面。

舜帝计划只在治水工地停留三天，结果第二天晚上发生紧急崩堤，我赶紧请御驾先移到高处去，却被舜帝骂道："糊涂！我这里能有什么危险！需要你来照看？快去救堤救人！"

这是我第二次被责骂，但我已经摸到了舜帝的脾性，知道他老人家是讲理的，所以心里也不慌了，说道："来之前我已经传下号令，一切都在有序进行，现在这支治水大军训练有素，只要命令已下，我在或者不在，前线不会有太大影响。但陛下这边如果出了什么岔子，反而会影响军心、人心。"

舜帝似乎听进去了，接受了我的解释，跟我登上高处俯瞰，但见治水大军人人拿着一支火把，成千上万人组成一条条火龙，分布在堤防各处，场面壮观而未见一丝混乱。舜帝又拍了拍我的肩膀说："做得好！做得好！有你来对付这滔天洪水，真是苍生之幸！"

这轻轻两句夸奖，像一股清流转入我的五脏六腑，之前老祝融留在我心头的暗影也消解了大半。

只听一个温柔的声音："可从来没听父帝这么当面赞许一个人呢。"

我抬起头来，又见到了昨天那位绝色少女，但她的声音却和白天那俏皮的语调不同。这时又冒出一个和她一模一样的少女来，娇笑着说："那也是因为天下间只有一位司空啊！"

我这才反应过来：这是一对双胞胎啊，语调温柔的不是白天我见到的那位，娇笑的才是。

后来我才知道，她二人是舜帝的两个双胞胎女儿，温柔些的是姐姐，叫宵明，俏皮些的是妹妹，叫烛光。

"这两天跟着帝父，一路看司空做起来的工程，听大家说司空的事迹，叫人没法不佩服。"宵明一边说，一边偷看了我一眼，略显羞涩。烛光你就能坐拥天下；但如果你输了，不但你性命难保，连你的老婆、儿子都得死！如果你想保护你的妻儿，唯一的办法就是在身世暴露之前坐到帝位上去——哪怕为此不择手段！因为只有你成了帝，你才有机会报仇，才有机会给你的母亲申冤，才有能力保护你的家人。对你来说这是最好的一条路，也是唯一的一条路。"

我心里一阵恍惚，当听到那句"你的老婆、儿子都得死"时，我的心颤得就要失控，老祝融凌厉的眼神就像刀子一样在我的心里留下了一道永难弥合的伤疤。舜帝他老人家，真的像骥兜说的那样，是一个虚伪而残忍的共主吗？我不敢相信，我也不愿意相信！

跟着我脑中又闪过舜帝那坦荡无私的眼神——一个拥有这样眼神的人，一个深受天下人爱戴的人，如果真的外表仁慈、内心恶毒，那么我以后还能相信谁？

我晃了晃脑袋，把骥兜的诱惑驱逐了出去。我不愿意相信他的话！哪怕曾经历过老祝融的背叛，我也不愿意相信。

但经他提醒之后，我再留意宵明、烛光对我的态度，终于不得不承认两位帝女对我是有想法的。我并不想像骥兜说的那样，利用她们登上帝位，但她们毕竟是帝女，我也不好对她们疾言厉色，只能尽量回避。

子契是站我这边的，暗示了几次，见我没什么反应，就没再说什么。伯翳却从暗示渐渐变成明说，最后甚至找了个机会跟我把问题给挑明了，劝我把两位帝女赶回帝丘去。

"你在胡说什么！"我沉着声说，"那二位是帝女，是我能赶走的？她们能夜放光明，留下对夜里治水很有帮助，我们有什么理由把对治水有帮助的人往外赶？我知道你在担心什么，但只要我立身端正，不就没事了？放心，我不会对不起你姐姐的。"

伯翳却只是冷笑："是吗？我看可未必！这种事情，就该在苗头一出的时候掐灭掉，如果拖拖拉拉，最后没事也会搞出事情来！"

之后他找了个由头离开了一阵，我猜大概是跑去告状了。

但我想，娇一定会相信我的。

然而我没想到，两个月后，娇竟然来了！

她不但来了，还带来了几百个妇女——全都是治水者的家眷。

治水工地上，场面差点儿失控！

男人们不是冲过去拥抱他们的妻子，就是冲过去拥抱他们的母亲！

娇盯着我，脸上似笑非笑。我见到了她，心里头狂喜，但想到宵明、烛光的事，再想想伯翳的动静，内心又不由得一紧，这是兴师问罪来了？不会吧。

"娇，你怎么来了？！"

娇都没回答我，那双狐狸眼睛一转，就扫到旁边二位帝女身上去了。我的心又是一提：坏了！果然是为这事来的！

但她很快就把眼睛挪开，松开绑带，把她怀里的一个小娃儿放下来："启儿，去，那就是你爹！"

那个小男孩才几岁大，听了娇的话，摇摇晃晃地走过来，看着我的眼神里透着询问与陌生。

我却立马就认出来了——这是我儿子！

虽然好像才出世没几个月，但我记得我也是一出生就差不多这么大！看到那张像极了我的小脸，我的心哪里还能放得下别的事情？全清空了！扑过去就把小孩子抱了起来，顶在脖子上。

"这就是我儿子？哈哈，我儿子，我儿子！"

治水工地上回荡着我的狂叫，小娃儿也吓哭了。我拍了一下他的屁股："哭什么呢！有你爹呢！"

小娃儿就不哭了，抓紧了我的头发。

我顶着他到处乱窜，乐疯了，乐疯了！

当天晚上，我们要给远来的女人们办一个篝火宴会，还没动手，厨具就都被夺走了。

"你们这些男人做出来的东西能吃？"

结果就是娇带领几百号女人，做出了几千号男人的伙食。姬弃这个没出息的，竟然还摸着吃得滚圆的肚子，做出一副感动得要哭的样子："自从出来治水，就没像今晚一样吃过一顿像样的了。嫂子啊，嫂子，你可真救了我们的命了咯！不过过两天你们一走，我们可怎么办啊！"

我看不得他说得这么夸张，一边玩儿子一边踹了他一脚。

"以后都会有的了。"娇说，"家里的事情我们都安排好了，我们以后就跟着你们。你们只管治水，后勤我们来做，遇到需要人手的地方，我们也能帮忙。"

我愣了愣，娇这话的意思，这次不是来探望，而是要留下？

"这……这怎么行？"

"怎么不行！"娇没给我继续说话的机会，"我们女人一样有手有脚，治水是天下人共同的大业，不只是你们男人的事情。至少我就愿意留下来。就算再苦再累，我也愿意在你身边帮你。"

周围无数女人一起应和起来："没错！我们也愿意留下来！"

她们的丈夫也向我投来了祈求的目光："司空！"

我看看娇，看看部属，再看看无比热情的妇女们，知道不答应不行了，只好点头答应了，于是一阵阵欢呼响彻夜空。

夜宴之后，娇又帮我清理帐篷。我抱着启儿，看着她手脚麻利的模样，心里既有些诧异，又有些难受！

眼前的娇是我的妻子，可在涂山的时候，她可是神女啊！

"怎么了？"

我走过去，拉起她的手，月光之下，这只手上满是各种斑痕和厚茧："你……你怎么会做这些……你是神女啊……"我忽然说不出话来。

娇把我们父子拉进帐篷，接过启儿，然后靠在我怀里。她说话的时候，脸靠着我的胸膛，所以她的声音好像是直接振荡进我的心房："我早不是什么神女了，我只是你的妻子，我只是启儿的娘。"

我的眼角一湿，一搂把她们娘儿俩抱得更紧了。

接下来的几天里，我第一次发现原来娇很有做领导的天赋，几百号妇女被她调度得井井有条，一万多人的后勤被她打理得妥妥帖帖。自从她们来了之后，工地上下，那些家眷来了的男人的精气神都提上来了，但那些没家眷的，头两天还跟着高兴，几天过后就犯嘀咕了。

我看出了这苗头，赶紧去找娇商量，打算成立一个女营让她们去住，娇爽快地答应了。等女营一切就绪后，她却提了一句："把宵明、烛光也叫来，让她们也进女营。"

我愣了一下，心里开始打鼓，我就知道，两位帝女的事情貌似还是没法揭过去。但娇的理由却很正大，让我无法反驳，因为是我说过"军中行事，不能有区别"。

"如果一定要留下，那就让她们进女营！"娇说，"少了她们的特异能力，我们还可以另外设法补救，但军心要是乱了，这水还怎么治？"

行吧，她有理，我也只能硬着头皮去见二位帝女。

宵明、烛光见到我，那笑意都从脸上溢出来了——这可是我第一次主动来找她们，可一听说我的来意，两人脸上的表情就僵住了。

烛光当场就要发作，却被宵明拦住了。

"我和妹妹在这边住习惯了，文命大哥，能不能通融一下？"

"这样不大好，"我说，"因为大量女眷的到来，所以才另立女营，但如果区别对待，军中会有异心。二位帝女如果觉得难以习惯，要不先回帝丘吧。"

　　"那怎么行！"烛光叫道，"没有我们，夜里治水怎么办？"

　　这时正值暗夜，天空乌云笼罩，龙门山只闻水声拍岸，黑漆漆的一点光亮都没有。

　　"是啊，文命大哥，"宵明也说，"就像今天这样的天色，万一再出意外，暗夜里头也用得着我们呀。"

　　她话还没说完，不远处的山峰，忽然传来一声绵长的狐啸，啸声冲霄而起，驱散了乌云，露出了一轮明月。狐啸再起，月亮光华大绽，比起平时来就像明亮了十倍一般，照亮了黄河，照亮了堤岸，也照亮了山坡。月光照耀下，让人清楚地看到是一头七尾灵狐高傲地站在那里，头往这边一侧，一双眼睛闪着光，那眼神，冷中带笑。

　　营地也沸腾了起来，有好多人叫道："灵狐啸月！灵狐啸月啊！"

　　二位帝女再没什么话说了，背过去商量了好一会儿。烛光似乎要发脾气，却被宵明稳住了，之后便答应会去女营。

　　娇听说她们肯来，非常大度地说："好，你放心，她们怎么说也是舜帝的女儿，我会照顾好她们的，不会让你难做。"

　　二女入营这天，我亲自去带她们，娇更传令全体妇女都来迎接，那场面远远望去十分隆重。我隐隐听见宵明松了口气，但等到走近，却见几百个又高又壮的妇女，个个带着冷冷的眼神盯过来！

　　我想起这些天工地各处的流言，再想想众人对我妻子的敬爱，马上就知道她们心里的情绪，暗叫一声："要糟！"

　　却见娇迎了出来，微笑着说："欢迎二位。"

那几百个妇女跟着一起吼了起来："欢迎二位。"如果说娇的欢迎是礼貌而温和，那几百个妇女就是赤裸裸的杀气腾腾！这哪里是在欢迎，就像要吃人呢！

烛光"哇"的一声哭了，宵明顿了顿脚也跑了，我站在一旁，听着娇斥责完那些妇人，又让我再去请请。我叹一声再去邀请，但二位帝女却说什么也不肯来了。

这时我已经确定，我的妻子这次忽然跑来，给我这么大的惊喜，就是奔着二位帝女来的，只是事情发展成这样，日后传出去，舜帝那边的脸面一定不好看。

"要不……"我正想跟她打个商量，却被娇打断了。

"要不就让她们回帝丘去吧，如果她们要留下，就进女营。"

"这……"

"怎么？"娇直视我，不让我有回旋的余地，"你不舍得她们？"

"当然不是！"我连忙说，"但她们毕竟是舜帝的女儿。"

"就因为她们是舜帝的女儿，所以才更应该公事公办！不然岂不是给天下人留下口实？"娇说，"你亲自去跟她们说吧。要么，她们进女营，听我的号令；要么，她们回帝丘，做她们的帝女；要么……"她忽然把启儿抱起来："我走！"

我呆住了。

娇，我的妻子，自认识以来她可从没对我说过这么重的话，不过想想那天晚上，当她向我求婚而我犹豫的时候，她的眼神不也如今天这般凌厉么？

我忽然笑了，这的确是我妻子的作风，在有些事情上，她是绝不会退让的。

看到她的决然，我心里反而宽松了。我不可能放弃我的妻子，不管是为了什么事情。舜帝就算要责怪，就让他责怪吧！

带着这样的心情，我再一次来到二位帝女面前，敦促她们起程："治水工地已不需要二位了，请二位回家吧，也免君父之忧。"

"文命哥哥……"

"二位，请自重！以后还是称我为司空吧。"

烛光的叫唤被我当场打断后，整个人呆在那里，但我敛着脸，不带半分动摇。

她们终于还是走了，车马起程时我亲自相送。辚辚中，我听见驩兜喷喷的笑声："厉害！厉害啊！"

"老家伙，你在讽刺我么？"我低声说。

"你以为我在说你？"驩兜冷笑，"我在说你老婆！"

狐之章柒·龙门

在我带着女人们赶到前线的时候，治水其实已经将近尾声，不过按照伯翳的说法，那也将是最困难也最危险的阶段。

黄河河水在这一段显得异常汹涌，翻涌的大浪比暴风中的海涛还要可怕。伯翳带着我们驾驶一叶扁舟，逆流来到一口瀑布前方！

"黄河是天下水患的根源，而这里，就是黄河水患的根源！"

我抬眼望去，整个人吓了一跳——好一座耸入云间的高山。我原本以为涂山已经足够雄伟了，但和眼前这座高山一比，涂山简直就是一个小土丘！

黄河河水在此处受阻，向四方乱泄，那巨大的瀑布就是其中最大的一条主流从高峰上倾泻下来的，撞得底下的水面轰隆作响。

"这里是天河泄向人间的地方吗？"我问道。

我听母亲说过，几百年前共工氏出了一个了不起的人物。他与颛顼争夺帝位，颛顼命当时的祝融氏攻打共工，水火两族的交战打得天地崩坏，

天倾西北，地陷东南，天河之水从西北泄下来，莫非就是这里？

"不是天河，"伯翳说，"这里是龙门——看！"

随着他手指的方向，我们一起向水底望去，只见无数的鱼儿竟逆流而上，不顾死活地往上游冲去！能够在这样湍急的水流中还能逆行的鱼类都异常强大，但大部分鱼儿再强大，也只能冲到龙门山下，只有其中极小部分才敢逆冲瀑布！

亿万鱼群，能逆流到此的不过一万，而千千万万鱼儿冲到瀑布底下，能够逆行上冲的又不到万分之一。但这些鱼儿每逆行一寸，身躯就强壮一分；每逆行一丈，身躯就强大一倍！

却见无数鱼儿之中有一尾竟然一口气逆行到数百丈高处，当它直抵山腰，已经蜕变成了巨蛟，发出的怒吼震动了方圆百里，然而那里就是它的极限，发出怒吼的同时便力尽而死，那声怒吼是它不甘心却并不后悔的吼叫。巨蛟"轰隆"一声掉了下来，葬身于瀑布下方的深潭。

"瀑布之下就是葬蛟潭。可惜了，如果它能跃过去，就能蜕化成龙，但跃不过去，就只能葬身潭底了。"

当我们还在为巨蛟的悲壮而感动时，万千鱼儿仍丝毫不顾生死，前仆后继地往龙门山冲去。

子契带着文命冲天而起，伯翳也化作飞廉跟了过去。足足有半个时辰，他们才环山一周回来。

"这里果然是水患根源。"文命说，"龙门山挡住了黄河去处，此处地形又复杂无序，河水在这里无规则四泄，导致下游河水瞬息百变。"

"没错，"伯翳说，"我在这附近考察了不下十回，断定要想疏通这一段河道，只有将龙门从中劈开，因为只有这个位置能够形成一条稳定的主河道。只要这一段河道通了，黄河也就顺畅了，之后至少会有五百年中原不会再受水患之苦。"

姬弃极目眺望，吐着舌头说："可这座山大得没边，高得连巨蛟都跳不过去，怎么把它凿成两半？我看就算将天下诸神都召唤来，要凿开它也得几十年！再说整座山都被瀑布给淹没了——我们要凿山，总得近前吧——还没近前就得被大水冲到葬蛟潭里头去了。"

船上所有人听了这话，齐齐皱起眉头。这犹如从天上泄下来的水力，连巨蛟都抵挡不住，就算是比巨蛟还要强大的神祇，只怕也没法一边抵挡水力冲击，一边凿山。

伯翳说："这个问题其实我想了好几年了，倒给我想出了一个危险但应该可行的办法。"

"什么办法？"我们所有人齐声问。

"垒堤蓄洪，束水攻山！"

姬弃咋舌："水都这么大了，还蓄洪？"

伯翳没跟他废话，直接在岸边用黄土造了一个模型，将自己的想法详细说出来，最后道："这个办法很危险，如果失败，天下水患会忽然间加重十倍，我们之前在下游所筑的堤坝可能都会被冲垮，之前所开的河道都可能会被冲烂，也就是说我们将前功尽弃。但如果成功，那就一劳永逸——至少几百年内不用再担心水患的问题了。"

伯翳这段时间来的表现已经在所有人心中积累了足够的信任，但姬弃听不懂伯翳那太过深奥的方法，干脆闭嘴，子契也不敢胡乱开口，只是望向文命。文命沉吟着说："这件事情光靠我们做不来，得邀得诸族，召出万神，才有可能成功。"

伯翳点头："是。"

文命又问："你有几成把握？"

"七成。"

七成，已经不算低了，但这座龙门山，比我们涂山天坝还要高出十倍，一旦失败，随之而来的灾难也将大得难以想象。文命站在黄河边上，看着被水汽弥漫了的龙门，从傍晚踱步到日落，又从日落踱步到日出，我们所有人都静静望着他，不敢打扰他思考。

"龙门的问题不解决，一旦这里的水情有了变化，我们在下游所建的工事也都变得没有意义……虽然危险，但值得一试！"文命以拳击掌，"干了！"

他当即写了书信，让子契亲自带到帝丘，详细说明这个计划，请舜帝批准此事。

以子契的速度，此去帝丘来回最多三日，但他整整去了七天也没回来。伯翳说："多半是帝丘起了争议，所以迁延不决。"

果然到第八天傍晚，东方飞来两个人，一个是子契，另外一个是皋陶伯伯。

"帝丘都吵翻天了！"子契告诉我们，"四岳[1]两个赞成，两个反对，诸族首领有的说拼了，有的则很害怕，担心会重蹈三十年前的覆辙。"

"什么三十年前的覆辙？"我问。

"就是那个会变成黄熊的女人啊！"子契说，"那个把天下河道都塞住，把水患越治越糟糕的女人。"

我"哦"了一声，想起母亲提过此事，也没放在心上，但不经意间瞥见文命，只见他从眉角一直到嘴角都不能控制地在颤抖。我还以为他生病了，正想问，就见他已经恢复了正常。

文命为什么忽然这样？这真是奇怪。

"这次的计划，和当年不同。"皋陶伯伯说，"虽然危险，但老夫认为是有道理的，不过四岳争议不决，舜帝也不敢仓促下决定，因此让

1　四岳：尧舜时期，中原最高的决策、参谋团体，一般由最有威望的部族老人组成。

我来问你一句……"他神色凝重地对文命说: "万一那三成失算出现, 这么大的灾难……"

文命没等皋陶伯伯说完便道: "我愿意承担一切责任, 哪怕受尽天下人万年唾骂, 在所不怨!"

"好!"皋陶伯伯说, "那我这就回帝丘禀告!"他转身要走时, 忽然拍了拍文命的肩膀说: "受国之垢者为社稷主, 受国不祥者为天下王! 你有这份担当, 我相信此事必成!"

皋陶走后, 文命连续数日睡不着觉。我知道他压力很大, 便将启儿交给七尾, 拢着他的脑袋搁在我的膝盖上, 轻声说: "不用担心太多, 因为我知道你一定会成功的。"

听了我的话, 文命整个人颤了一下, 没说什么, 呼吸却渐渐平稳, 竟然睡过去了。

又过了数日, 帝丘终于传来了消息, 舜帝同意了文命的建策, 并传令天下, 号召诸族都来帮忙。

短短一个月内, 来了大大小小几百个族长与祭司, 竟然连我娘也来了! 但她经过我时眼睛看都不看我一眼, 那一瞬间我的心像被针扎了一下。

母亲, 你是永远不肯原谅我了么?

青丘, 我是永远回不去了么?

所有人都听从文命的命令, 按照伯翳的安排, 分布在龙门山各处。诸族之中, 以祝融氏与飞廉氏两部首领资格最老, 少祝融仍然在帝丘威震四方, 这次来的是前任族长。飞廉氏族长则是皋陶伯伯, 他将负责启动"风堤", 而老祝融则带领武装军队, 防备意外事件发生。

一切就绪之后, 阵势排开, 皋陶伯伯化身飞廉, 法天象地发动, 身

山海经·候人兮猗

长百丈，两翼千尺！

雄伟的飞廉振动双翅，飞临于龙门山顶，仰天长啸，昊天之风随之而起，烈烈地形成一道长达数百里的风之长堤，将经龙门山四处倾泻的大水全挡住了！

从天而降的瀑布陡然消失了，所有正准备跃龙门的万千鱼儿都乱了套。

皋陶伯伯的神力当真令人惊叹，但启动如此浩瀚的风堤，他也无法长时间维持，于是来自神州各地的诸族族长、祭司一起发动，或直接出手，或者召唤他们本族的守护神。诸族诸神，念力神力，全部汇入风堤！

"姬弃，轮到我们了！"

子契将姬弃带了起来，扔向龙门山的山脚。姬弃在那里发动土石崩裂之力，炸开了一个巨大的坑！

但龙门山实在太大了，这个足以填埋千人的巨坑放在整个龙门山上就像大树上的一个小小针孔。姬弃将力量用到尽，将巨坑又崩裂了数倍，但再也无法扩大了。

"行了！"伯翳化身飞廉，滑行于空中，脚在巨坑上方百丈处点了点，然后子契就飞起，将姬弃带上，扔往那个地方，姬弃便在那里又崩出第二个巨坑……如此不停往上，姬弃花了七天七夜，崩出了几百个巨大的坑洞，就像在直参青天的龙门山开了几百个小孔，笔直地连成了三条纵贯线。

按照伯翳的计算，这三条纵贯线将成为整座龙门山最薄弱的地方。虽然由于龙门山实在太过雄伟，无法直接劈开它，但山体拦住大水的同时也在承受着巨大的水力，当山的另一端的洪水蓄到某个高度，当水力达到某个界点，整座山就有极大可能会从这里崩塌——这就叫"垒堤蓄洪，束水攻山"！是伯翳从查看涂山天坝崩塌后的遗迹中得到的灵感。

然而一天过去，两天过去，水势蓄得越来越高，一座十倍于涂山的龙门天坝让人一望就浑身发抖。这可怕的洪水如果不能从黄河主道宣泄而涌往四方的话，只怕届时将水漫天下！

"怎么回事！"作为以防万一的军事首脑，没参与风堤的老祝融向伯翳发出了质疑，"你是不是计算错误了！"

伯翳额头冷汗直下，我知道他在害怕什么——他担心那"三成失算"会出现。

这时候文命竟然无比镇静，用手压着伯翳的肩膀说："还有没有补救办法？"

"补救办法？"伯翳眼睛亮了一下，说，"或者……从山的那一边，也开三条大坑纵贯线！"

"开什么玩笑！"老祝融说，"山的那一边可都是大水！"

伯翳道："请冯夷[1]一族，用避水诀如何？"

"不行。"本来正在喘息的姬弃说，"土克水，冯夷之神被我族祖神所克，两族千年敌视，冯夷之神不可能保护我的。"

这时我想起一件东西来，慌乱去行李箱里翻找，幸好找到了。我捧着三颗红彤彤的果子，说道："看看这东西有没有用。"

伯翳见闻最广，眼睛一亮："御水沙棠！"

这果子是沙棠的果实，沙棠是昆仑之丘的一种奇树，吃了它结出来的果实，可以避水。那是我怀孕的时候，天下各族胡乱送礼，其中就夹杂了这个东西。

姬弃跃跃欲试："如果能够避水，那我就去试试！"

文命问："你还有力气没？"

姬弃看看天上，风堤是透明的，其所拦住的滔天大水，是整个天下的灭顶之灾！

---

1 冯夷：河伯的名字，其所守护的部落以此为部落名，部落领袖也叫"冯夷"。冯夷一族以河伯为守护神，居住在黄河沿岸。

"死也要去！"姬弃咬牙说。

"好！"文命道，"我陪你！"

他们俩加上伯翳，一人吃了一颗果实，然后伯翳就背起二人，飞往龙门山的那一头。老祝融也率领诸族的留守战士上去给他们护法。

子契怕水，本来去了也无用，但他担心兄弟，正要跟去，我恳求他也带上我。子契经不起我的恳求，带着我上去了。

山的另一头，老祝融率领能够飞行的兵将环绕在某个地方，我猜那里就是文命他们入水之处。

子契找了一块凸起的岩石将我放下，这里连云气都远在脚下，罡风拂面，又冷又强。我没有神力庇护，冻得瑟瑟发抖，子契说："嫂子，要不你先下去吧！有什么消息我马上下去通知你。"

"不！"我说，"我要在这里等他们出来！我要第一时间看到他们平安。"

子契叹息一声，发出长啸，翅膀猛地变大，抖落了无数羽毛将我盖住。

"子契，谢谢你。"

这样等了半日，一头漂亮的飞廉窜了出来，喘息着对众人说："三线天坑的位置我都已经点好了，现在姬弃正在炸坑，司空陪着他。"他瞥眼见到了我，飞身过来落在我身旁："姐姐。"

"弟弟，下面怎么样。"

"吃了避水沙棠，不会有事，但下面好黑，数十丈以下就伸手不见五指。我用自己的羽毛一根根插在岩壁上，他们看着我留下的羽光就能找到准确的位置。"

我这才注意到他身上秃了不少地方——这可不像子契般只是将羽毛抖落，而是将羽毛连根带血地拔起——须得这样才能带有灵力，才能发出羽光！

我的泪水一下子渗了出来，抱住了飞廉："弟弟，弟弟！"

"我没事！"伯翳喘息着，"就是疼那么一下子，最多一两个月就能恢复过来。"但他的声音却已经越来越低了，我急忙叫来子契，将他带下去，这里这么冷，受伤后的他只怕支持不住。

这样又过了一天一夜，才见水面破开。文命拉着奄奄一息的姬弃上来，喘息着说："已经开了五十个坑了！水下干活可真难！"

我打开箱子，拿出一颗渤泽之嘉果，一丛招摇之祝馀——渤泽之嘉果吃了能迅速消除疲劳，招摇之祝馀吃了能瞬间恢复体力——文命喂了姬弃吃下，看看所剩不多，他自己就不吃了，只啃了几口我带来的干粮。姬弃吃了渤泽之嘉果和招摇之祝馀后，果然一下子就变得精神奕奕，说："走！继续！"

二人不由分说便潜下水去，不但我看得心疼，就是周围的军士们也都被感动了，大家都恨不能代他们下去！

如此日夜不停，文命和姬弃九上九下，不知道开了多少坑。最后一次上来，招瑶之祝馀还有剩，渤泽之嘉果却已经没了。

我让他们休息一夜再下去，姬弃却说："不行！飞廉羽光越来越暗了，我估计是伯翳的灵力快用尽了。不能等太久，我……就是上来喘口气。"

我哭了："你都快死了！"

姬弃笑了笑："我说了，死也要下去！"他正要翻身而下，便在这时，忽然间狂风大作，暴雨倾盆。这风不是皋陶伯伯召唤来的风，而是天地自己萌发的乱风。狂风暴雨之中，水势加剧上升，风堤也在这风雨之中变得摇晃不定！

"糟了！"老祝融叫道："皋陶他们快抵挡不住了！一天！不！最多再支持半天！"

姬弃咬牙道："老大，我下去了，这次你不要跟着了。只剩下最底下的三个坑,如果伯翳计算没错,炸了开来山就会崩,那时只怕会有危险。"他这么说分明是打算死在里面了,说着就要往水里扎。我的眼睛已经被眼泪模糊了,极想拉住他又伸不出手去!

没到治水工地之前,我实在难以想象治水是这么艰难的事情。这些男人根本就是在用血肉抵挡洪水,用生命开挖河道。我们在后方艰难地撑持着家,而他们则是在前线冒死地撑持着这个世界。

就在姬弃要跳落时,忽然文命手起拳落把他打晕了。

我怔住,抬头望着文命。

"照顾好他。"

"你……"

"剩下三个坑,我可以解决!"

文命说着便跳了下去。滔滔洪水,淹没了我的丈夫。

可是,文命又没有姬弃那样针对土石的特殊能力,只靠他的神力,能有办法吗?

所有人眼睁睁看着他潜下水去。大概有半晌工夫,水底深处忽然传来一阵阵的震动,十几次小震动后就会出现一次大震,两次大震之后,整座龙门山忽然摇晃了起来,尤其是中间那三条坑线,竟然出现明显的龟裂!

"啊!要成功了,要成功了!"水上所有人几乎都沸腾了起来。没人知道文命在水下是怎么办到的,但所有人都在欢呼:"司空要成功了!"

"应该只剩下一个坑了!"

又是一次次的震动传来,连续七八次——就在所有人期待着最后一次大震动传来时,震动却停止了!

天空划过惊雷,瞬间照亮了周围的一切,水上所有人的脸都是湿的,也不知道是雨水还是泪水。

然而那惊雷只是一闪，过后便是一片黑暗。

"水下有大变故！"老祝融叫道，"大概有什么东西缠住了司空。"

我的心都快跳出来了："那怎么办？啊！有了，用避水诀！冯夷一族的避水诀！"

老祝融的脸色变得有些难看。水能克火，冯夷一族的祖神虽然不是水神之长，但祝融一族对他们也有天然的厌弃。不过上一回是冯夷之神厌弃姬家祖神，所以避水诀无效，但这一次是祝融厌弃冯夷，要解决的就只是老祝融的心理问题。

"好吧，"大难当前，老祝融也只能勉强地说，"请冯夷一族发动避水诀。众军士，下水！"

冯夷一族分出部分神力，启动避水诀，将数百将士送入水底。避水诀在将士们的身上形成一团光华，但入水之后不久，就看见水下的光团一个又一个地消失了。下面究竟发生了什么？

老祝融的神色越来越凝重，甚至惊恐，最后下定决心，忍着厌弃接受了避水诀，率领十大神将下了水。

这次他们下去没多久，水面就动荡起来，很显然，底下正在发生激战！

猛地，又是一道惊雷划过，水面破裂，一个神将纵出水面惊吼："相柳！相柳！"跟着一条硕大无比的九头怪蛇在闪电中显现出狰狞的身影！血盆大口张开，将逃离水面的神将一口吞灭，然后隐身水下不见了！

陡然发生的异变，让所有人心中都充满了对未知的恐惧。尤其是在这么关键的时候，相柳的突然出现，把诸族诸神的信心都打没了。

半空之中，大飞廉开始咳血："众人神力将尽……支持不住了！"

"伯伯，皋陶伯伯！"我望空高叫，"请再坚持一会儿，哪怕一小会儿！文命他们正在下面拼命啊。也许只需要再坚持一刻，一刻！"

在诸神的犹豫中，大飞廉七窍喷出血来："好！诸神听命！我们再坚持一刻！我们要相信司空，这时候我们必须相信！"

我的心没有放下，反而更加忧虑。时间过得极快，一刻钟转瞬即过，难道事情真的要失败了？不，不会的，文命他不会失败的！

就在我内心无比煎熬之际，整座龙门山猛地产生剧烈的震荡！

"这……"

跟着无量土石在纷飞，内外三条纵贯线在水力的逼迫下火速崩裂——轰隆隆，轰隆隆！

在风堤崩溃之前，亘古以来巍峨不动的龙门山，从中断裂！

治水的大业，只剩下最后一步了，我不能失败。

将姬弃打晕后，我潜入水底，入水之后，血脉开始偾张，身体开始发热。骓兜似乎感应到了我的异动，惊问："姒小子，你要做什么？"

"化熊！"

"你疯了！"骓兜嘶声，"外面那么多部族神祇，只要有几个对水面开了透视之能，你可就暴露了！"

"暴露就暴露吧，之前他们不知道是我，要杀我还情有可原；如果明知道是我还要杀我，那我就没话说了。"

我潜入地底深处，化为巨熊，再发动法天象地之法，身形变得高达百丈。当我的双足触及水底的时候，都能感到水底地面的震动。最后三根飞廉毫光已经变得很微弱了，显然伯翳的灵力即将耗尽。我不再犹豫，挥动巨爪，就朝岩壁劈去！这样的劈击，我相信如果是在地面，天下间没几个人能够承受得住！

尽管没有姬弃那般崩土之能，但我的巨力还是将岩壁劈开了一个大坑——但是还不够大！我在水中发出怒吼，厚厚的水面隔绝了我的声音，却未能阻止我连续挥爪！连续十几次的劈击之后，一个符合伯羿要求的巨坑形成了。

然后我游向第二处飞廉毫光。完成了第二轮劈击后，我感应到了整座龙门山山体产生了剧烈的震动，蛛丝一般的龟裂，裂缝将所有的巨坑连了起来，土石不停地散落。

我心头一阵狂喜："伯羿的计算没有错！只要劈出最后一个巨坑，龙门山一定会从中断裂！"

最后一点毫光熄灭了，但我已经确定了位置，挥动熊爪，怒起一击。土石纷落后，岩石深处却露出了一双眼睛！

什么东西！

感应到危险，我退后了十几步，就看到一个怪物从坑中游了出来，那是一条九头巨蛇！

化熊之后，我身躯高达百丈，但眼前这怪物竟然还高我一头！

"相柳！"骧兜惊呼，"是相柳！"

"相柳？是什么？"

"是共工手下第一猛将！他怎么在这里！"

共工？相柳？不管了，现在谁挡我劈开龙门，谁就是我的死敌！我发出狂吼，震荡着水波要将九头怪蛇扫开。洪流在相柳身边荡开，他身边的水流竟然化开了我挥击的绝大部分力道。

"没用的，"骧兜说，"相柳有共工水神力的加持，在水里头你打不过他的。"

我还没发出第二次攻击，巨蛇的长尾已经盘绕过来将我死死绞住！我狂吼，我挣扎，但在这水底，我的力量被大大削弱，而对方的力量却

被大大增强。跟着八处剧痛同时传来——怪蛇的八个头分别咬住了我的四肢，最后那个大头露出长长的獠牙，猛地向我的咽喉落下。

死亡的预感瞬间袭来，我将颈项偏开避过了要害，但巨蛇的毒素却还是进来了，让我一瞬间全身麻痹，渐渐失去力气，渐渐软倒。

我变回了人。就在他对我再加一击时，上方数百道光明垂下，骓兜说："是冯夷一族的避水诀。"

我听伯翳说过，冯夷一族世代居于黄河，族长号称"河伯"，是共工之外最擅水系能力的部落，那几百道光应该就是骓兜所说的"避水诀"，保护着数百神兵能入水无碍。可这里是万丈之深的水下世界，黑得一丝光线也没有，相柳在暗处，他们却在明处。我暗叫一声不好，就看着相柳松开了我，狞笑着游向那数百神兵。

"啊！"

"啊！"

"怪物！"

"啊！"

那些神兵宿将，各有各的本事，但在暗黑的水底，本事却发挥不出几成。相柳狡猾而凶残，从暗处不断出击，一口一个，片刻间，数百神兵已经被他吞杀了一大半。就连老祝融也被相柳的巨尾扫中，身受重伤，缓缓沉落，掉在我的身边。看到了我，还处在避水诀保护下的他显得十分诧异。

"岸上……如何……了？"我全身麻痹，很勉强才能发出声音。

"你……文命？"

他停了一下，说："诸族诸神已经维持不下去了，最后还分出一点力量用在避水诀上，现在风堤随时都会崩！"

我抬头望去，下水的神兵已经被相柳打得七零八落。老祝融苦道：

"这回真的完了，诸神都已经力尽，一旦风堤崩溃，不但天下重新遭灾，这怪物一定会趁机歼灭诸神。这下可真完了。"

骦兜冷笑着："不愧是我们的老对手，完全猜中了相柳的心思。这一回，不但会再次水漫天下，而且中原诸神至少要在这里陨落一半！"

这怎么可以！

如果那样，整个天下会比未治水之前更加糟糕！

忽然之间我理解了母亲当年的心情。当她冒着遭受天谴的可能，去窃取神界的息壤，最后却发现自己的行为非但没能救天下，反而害天下时，那时候她的心情，是不是和我此刻一样？

现在在万民口中，她已经成了罪人，可那不是她愿意的，她的本心是要拯救这个世界，而不是要害人。她不是罪人，她不是！我更不能重蹈她的覆辙，我要扭转这个局面，我必须成功！我不能失败！

咬了咬牙，我问老祝融："你还有力气没？"

"嗯？"

"烧我的伤口，用疼痛激发我的力量，我过去把龙门山最后的障碍打通！"

老祝融看了我一眼："火炙骨髓，的确能够把人的潜力给逼出来，可那是常人难以忍受的剧痛。司空，你确定要这么做？"

"别废话了，快！"

老祝融看向我的眼神，似乎带着几分敬佩，然后他将手伸到我的伤口。水底无法生火，所以他按住了我的手，火焰直接在伤口内部的骨肉间点燃！

痛！

痛！

痛啊！

刺骨的灼痛，切割着我的神经！

我狂吼着，忍耐着，却让老祝融继续加大火力。最后，当痛苦到达极端，我的力量也被激发了出来！

蛇毒散尽，我身体又将蜕化。

驩兜警告："你干什么！"

我却没理会他，就在老祝融的面前，再次化熊。

"啊！你……"老祝融一下子全明白了过来，"你……是你！"

我却已没工夫和他闲扯，冷冷地瞥了他一眼，就向未完成的最后一个巨坑冲去！

砰！！

剧烈的声响再次震动，整座龙门山又形成了数百龟裂条纹。

砰！！

砰！！

每一次重击，都离劈断龙门更近一分，离成功也就更近一步！

背后传来呼啸，相柳已经抛下残存的神兵，向我冲来。

我蓄着力气，在它冲近之前，左爪猛地掐住它的主头，跟着右爪挥劈，再次——

砰！！

整座龙门山已经摇晃了起来，相柳的另外八个头同时咬向我的要害！

我连要害都不回避了，任凭他将我咬得鲜血淋漓，同时将全身力气再集一次！

我必须趁着毒素发作之前做最后的一击！

要成功啊！

砰！！！

静。

死一般的静。

然后就是天崩地裂的巨响!

轰隆隆!

龙门山终于崩塌了,山体从中间断成了两截!

无法形容的巨大洪水,冲破了崩垮的龙门。大水注入葬蛟潭,然后沿着黄河主道,奔向远方!

巨大的水力将相柳冲走了,我也被水流冲到不知哪里,只是在晕厥之前,隐隐听见天上地下,无数人在欢呼,无数神在赞叹!

成功了!成功了!

娘,我完成了你的心愿了。

帝,我完成了你的任务了。

娇,我没让你失望……

不知过了多久,当我再次醒转,发现自己已经恢复人形,挂在河岸边——是骓兜唤醒了我。然后我就看见同样重伤的老祝融,踉跄地向我走来。

我挣扎着爬起来,就看见老祝融用一种复杂的眼神看着我。

"成功了?"我问他。

"……成功了。"他犹豫了好久,才回答。

"现在,你应该相信我们母子不是罪人了吧。"我说,"上一次,你见到我的熊体就想杀我,那是你有偏见。但这次,你是从头到尾看到了我的决心与行动,你应该很清楚我是什么样的人了!"

老祝融看着我,眼睛里似乎带着不解:"你……为什么要这么做?"

"为什么？"我冷笑道，"因为我是罪人之子，所以不可能做好事？但我今天要告诉你，你错了！直到这一刻，我才完全确定：我母亲不是罪人！虽然她走错了路，但她已经为治水付出了一切！包括她的生命。所以我母亲她不是罪人！她只是一个失败的英雄！"

老祝融的脸不断抽搐，似乎无法接受眼前的事实。

"你杀了我母亲，还曾想杀我。本来我应该杀你报仇的，但是，我给你一个机会。"我直视着他，不让他回避，"我要你当着天下人，向我赔罪，向我母亲赔罪。只要你肯认错，我就原谅你。"

老祝融盯着我，许久许久，忽然说出一句诡异的话来："向你赔罪？如果我错了，那岂不是说，舜帝当年也错了？那怎么可以！我可以错，但舜帝不能有错。"

"你说什么……？"

"我说，舜帝不能有错。他是永远不会有错的！如果有错，错的只能是别人。"

我的心一寒："你什么意思？"

"当年鲧治水失败，她尽力了，大家都知道，但是失败就是失败，人民的怒火必须有一个宣泄的地方！所以她必须死！她必须是一个罪人！"

我感觉自己的心口冒着凉气，原来他们是明白人，他们比谁都明白！

"所以哪怕我母亲的本心是为了拯救万民，但你们也要把她打入万丈深渊！不但要杀她的人，还要栽上罪名，让她永世不得翻身！"

"这是不得已……我做的一切，都是为了舜帝，而舜帝做的一切，都是为了天下大局……"

"大局？大局！"我冷笑起来，"那么现在，你是不是还要杀我？我是罪人之子，却偏偏完成了治水大业。只要我还活着，总有一天，一定会破掉你们的大局！"

"是，你如今的威望如日中天，没人能抹杀掉你的功绩。"老祝融勉力凝聚起一把火焰刀来，"所以你死了之后，不会像你母亲一样成为罪人。你会成为治水的英雄，千秋万代为世人纪念。"

他已经不再因为我是"罪人之子"而歧视我了，他已经知道我是好人，甚至承认我是英雄，但……他还是要杀我！

火焰刀已经迫在眉睫，扑面生热，但他的话，却让我遍体生寒！

"看到了吧？看到了吧！这就是这些人的本来面目！"骥兜叫道，"你还犹豫什么！"

就在火焰刀劈下前的一瞬间，我一闪避开，同时挥拳。老祝融大概没想到我还有余力，衰朽的他挡不住我的拳力，被我一拳击得飞起，远远落下——一块尖锐的岩石正好刺穿了他的身体！

我这一拳本来没想杀他，他却已经死了。

我怔了怔，缓步走近。老祝融向我伸出了手，但我知道他已经没救了。

我问他："当年冤杀我的母亲，还有今日的倒行逆施，这些事情，舜帝他知不知道？"

老祝融微一张口，血就涌了出来，但他还是勉力说："舜帝……不会……有错……一切罪孽……都……在我……"然后便一阵抽搐，就此死去。

骥兜化形而出，冷笑道："他的话，你信？"

我没有回答。

骥兜又说："你不肯相信我的话，为了证明自己的幼稚，结果两次都差点死在他手上。你如果还是不肯相信我的话，也可以再去虞舜那里试试。不过我可警告你，虞舜不是祝融，他的手段，比任何人都更高明狠辣。这一次如果你再错了，死的就不是你一个人，你的妻子，你的儿子，统统都得陪葬！"

我冷冷地看着老祝融，看着他的尸体逐渐冷却，看着他的尸体逐渐僵硬，感觉自己的身体也变得冷冷的，硬硬的。

在天色暗下来之前，空中发出一声鸟鸣，远远传了出去，跟着我就听见子契的声音："在这里！在这里！司空在这里！"

子契落了下来，不久又跑来许多人。所有人看见了我都很欢喜，但紧接着看见老祝融的尸体，又都静了下来。

"老大，"子契低声问，"这是？"

我抬起头，目光从所有人脸上扫过，脸上的肌肉没有半分颤动，眼睑半垂了下来，平静地说："是相柳。老族长为了救我，在混战中被杀害了。"

"那相柳呢？"

"他逃走了。"

这是我第一次对自家兄弟撒谎……

但我知道这不会是最后一次——至少在我报仇之前，这不会是最后一次。

狐之章捌·双嫁

　　龙门山劈开后，九州水脉畅通，文命终于完成治水任务，终于履行了当年的誓言，可以回家了。但我每次想起那天的场景，心中就总是压着一股子不畅。

　　那天，当我们找到文命的时候，他蹲在老祝融尸体的不远处，别人都以为他只是累垮了，只有我凑近了，才看到他整张脸都绷得僵了。我了解我的丈夫，我知道他这是要将自己封闭起来，不泄露他内心的想法。

　　"文命……"我低声呼唤着。

　　他回过神来，看到我，笑了笑："来了……我们走吧。"

　　我的心一噔，他这个反应，是连对我都封闭起来了。

　　龙门山的善后事宜完成后，文命带着所有治水有功的手下一起回了帝丘。我抱着启儿坐在车中，窗外万众欢呼，声音震得如同洪水崩堤。启儿竟然一点都不害怕，拉开窗帘对人山人海看得津津有味。

我的心则都在文命身上。他骑着马，举手回应着民众，远远望去应该是很有风度的，但在我看来他却在失神——文命到底是在想什么呢？他是不是瞒着我什么？

在民众的簇拥下，文命登上了四岳台，舜帝赐新名为"禹"："日月有常，星辰有行，四时从经，万姓允诚。汝立此旷世之功，而今之后，可称'大禹'。"

"司空，司空！大禹，大禹！"

帝丘的民众，连同四百诸侯齐声高叫着！玄鸟一族、麒麟一族和大逢一族更是感动得热泪盈眶，启儿在我怀里也咿呀地跟着乱叫。

我抱着启儿，站在旁边，为我的丈夫而骄傲，然而一瞥眼看到帝丘侧面——一顶大伞下面，有两双眼睛热切地望着上方。

是她们——宵明和烛光。

民众的欢聚散了之后，他们君臣还要入殿议事，大概是要说治水的后续政务。这些没我什么事情，我便抱着启儿回家了——在帝丘，早有为文命安排好的一个住所。我带着几个壮妇人，将新房子收拾妥当了，文命还未回来，倒是伯翳来了。见他脸色不善，刚刚学会说话的启儿拉着他的裤腿叫道："舅舅，舅舅？"

看伯翳黑着脸，我就知道有事，让七尾把孩子带进内屋，这才问道："怎么了？"

厅里没其他人了，伯翳才愤愤说："刚才在外头听了几句谣言，说什么舜帝要效仿尧帝，想将两个女儿嫁给姐夫，然后禅让天下。"

我怔了怔，就想起娥皇、女英的事情来，据说当年尧帝也是欣赏舜，就将两个女儿嫁给他，再经一番考察培养之后觉得他可以接班，这才禅让帝位。一男娶多妻，在我们青丘之国虽然不能想象，但据说在平原世界很平常，他们从炎黄时就已经这样了。

我的呼吸有些乱，但还是沉住了气，说："你也知道这是谣言，那还说来做什么，别听他们胡说。"

"可是说这谣言的，是象老头[1]啊！"

"象老头？"

"就是舜帝的亲弟弟！从他口里说出来的话，就算是谣言，也不会是空穴来风。我看啊，多半又是宵明、烛光在舜帝耳边吹了风！还有姐夫，自龙门山回来后，他整个人都变了。有外人的时候总是一脸和煦春风，到没有外人的时候，那眼神就阴冷得不像话，以前他可不是这样的。姐姐，最近有发生什么事情吗？"

我的心也是一紧，看来伯翳也发现了文命的不寻常，可是我也说不清楚这究竟是因为什么。

"不行，我得去调查清楚，我总觉得这里头大有问题。"

伯翳离开后，七尾出来问："怎么了？伯翳脸色怎么这么难看？"

我想如果让七尾听了双嫁的流言，回头一定要大吵一番，这时候我不想徒增烦恼，就违心地回答："没什么。"

当天晚上，文命迟迟未归，皋陶伯伯倒先来了。他不像伯翳，修养到了他这个份上，很多时候悲喜不形于色，但这次皋陶伯伯连夜来访，眉头竟紧皱着，拉扯了好一会儿家常，才说："有个事……议事期间，四岳有人论到功绩。说起文命来，西岳认为他已经足够资格成为禅让的候选者。"

七尾一听高兴了起来："真的呀，那可是大喜事！"

我有些发怔。禅让的候选者，是说文命有机会成为下一任的帝？虽然我早知道文命大功之下必有重赏，但陡然听到这个，一时竟不知道该如何反应。

---

1 象老头：即虞象，虞舜的异母弟。他和舜的继母千方百计地想害死舜，但是舜并没有跟他们计较，还把他们分封到了有庳这个地方。

皋陶伯伯"嗯"了一下："但北岳却说，禹司空虽好，然而背后无部族，名前无姓氏，恐为国人中有心者所轻。将来为帝，只怕压不住东夷、南蛮，会让炎黄联盟[1]内的异志者有机可乘。"

七尾一听，开口就骂："这北岳是什么人！什么理论！没部族、没姓氏就没资格参与禅让了吗？治水这么大的功劳还不够吗？"

只听皋陶伯伯说："我当时也是这般反驳，与北岳一番论辩。结果南岳插口调和，说有个办法能化解此矛盾，便是效仿尧帝，嫁二女于文命，这样一来就两全其美了。"

我虽然早有心理准备，但还是被这话给呛住了。七尾瞪大了眼睛，好久才猛地跳起来叫道："这怎么可以！我姐夫早成亲了，他是我姐姐的！"

皋陶伯伯叹了一口气："我知道你们涂山一族的习俗，自然也是反对的，但当时西岳却马上赞成，北岳也改口觉得好。四岳群议之中，我竟是孤掌难鸣……"

他深深看了我一眼："娇，你……"

我大概知道他要说什么，却截断了他："文命怎么说？"我在乎的只是我丈夫的态度，其他人的意见并不重要。

"文命他……当时没开口。后来舜帝将他叫到后面去了，我们先散了，我便朝你这儿来了。娇，你心里得有个准备，有时候大势所逼，会让人身不由己。"

我的心跳得很乱，虽然已经尽量要自己保持平静，只是再怎么克制

---

1 炎黄联盟：当时的炎黄联盟，是以黄帝（姬）、炎帝（姜）两大部族作为核心建立的部落联盟。炎黄联盟占据中原地区，但外围也存在东夷集团这一个巨大的挑战势力。南蛮在蚩尤时代被打败，部分南迁，部分归降，在政治上再没有实质性的影响力；东夷集团的情况更加复杂，文化水平又很高，有自己的科技树链条和完整的信仰体系。颛顼时代爆发过战争，战败后东夷的政体势力退出中原，但他们留在今天山东、河北的部落则融入中原的部落联盟，有一些强大的部族领袖还取得了高位，比如颛顼时代的句芒、尧舜时代的飞廉和夏朝的后羿等等。在炎黄内部，姬姓（黄、颛、喾、尧、舜五帝全部出自姬姓）和姜姓（炎帝、祝融、共工都姓姜）一直在争夺联盟的领导权。而在炎黄外部，融入中原部落联盟的东夷系部落与炎黄系部族则存在又竞争又合作的关系，东夷系部族一直积极地要融入和改造炎黄体系，并希望通过这个体系的内部晋升渠道，与炎黄系轮班来担任最高领导人——帝。距离这个位置最近的人就是伯翳。

也无法真的平静。我知道皋陶伯伯其实是向着我的，却怎么也受不了他最后那句话。

"又没人拿刀架在他脖子上，怎么叫身不由己？"我冲口而出，"就算真有人拿出了刀子，他若真不愿意，我不信那两个女人还能进门！"

"娇！这里是帝丘，不是青丘。"皋陶伯伯说，"山下的世界和青丘之国不一样。自颛顼帝制令以后，天下便是男主女从，你不能用山上的母系习俗，来要求山下的父系世界。"

"天下的事情，我不想管！"我说，"我要管的，只是我的丈夫！我不知道山下、山上为什么要有区别，我只知道我不想他有第二个女人！他若是在乎我，就不应该不顾念我的感受！"

皋陶伯伯大概是知道我的脾性的，长叹着走了。他前脚才离开，伯翳后脚就进来，低声说："姐姐，你看，不是谣言吧。"

七尾已经跳起来骂四岳了，伯翳说："别啊，我爹是东岳，你这么骂，把我爹也骂进去了。"七尾还是继续骂："你听他刚才的话，也在劝姐姐低头忍耐呢，那和其他三岳有什么区别！就算是长辈，那也该骂！"

伯翳吐了吐舌头，不敢在这时候触七尾的霉头。

我没心思听他俩的言语，一颗心只放在还没回来的文命身上："我不管别人怎么说，我只想知道，他是怎么想的。"

"姐姐，其实这件事情嘛，我觉得大有蹊跷，姐夫的反应很不对劲。"

七尾忙问："怎么不对劲法？"

"姐夫在龙门山的时候，一开始容忍二女应该是不想治水大业节外生枝，但后来听了姐姐的话，还是硬起心肠将二位帝女赶走，由此可见姐姐在他心里头的地位。既然这件事情姐夫已经想清楚了，那么四岳中有人提议二女双嫁，姐夫就该当场拒绝才是——但是没有。我听我家老头子说，姐夫当时一句话也没说，似乎在犹豫着什么。"

"难道他变心了？"七尾受母亲的影响不小，总是怀疑山下男人的心善变。

"应该不是。"伯翳说，"姐夫对姐姐如何，对二位帝女如何，我是看在眼里的。他对那两个女人应该是不感兴趣的，只是帝女那边一头热。"

"那是为了权位？为了登上帝座？"

"要是这样，似乎说得通，但这不大像姐夫的个性啊。旁人不知道，我们几个和他朝夕相处这么久，怎么会不清楚他的为人？"伯翳敲着自己的脑袋，"所以我才觉得这件事情大有蹊跷，而这种变化，似乎是发生在龙门山劈断之后。"

伯翳又做了种种推测，但我已经心乱如麻，就没能静心听他分析。他一直留到三更，也没见到他姐夫，便回去了。

这个夜有月亮，也有乌云，乌云遮住月亮的时候，天就黑得厉害。将近四更，文命才回来，七尾张口便要质问，被我一个眼神堵上了嘴，把孩子抱去隔壁了。我尽着山下世界里一个妻子的责任，给他宽衣，给他打水。文命心事重重的样子，竟然就这么宽了衣，洗了澡，然后就准备睡觉。

我可不是能久忍的人，不可能藏着话等到明天早上，便推了他一把："你就没什么话跟我说？"

文命看着我发呆，好一会儿，才吞吞吐吐地开口："你听到了什么？"

"伯翳是个顺风耳，能听千里外，能聆神鬼声——他又是我弟弟。皋陶伯伯是四岳之一，又是我家世交。"

我没回答他的问题，但文命应该能听出我的言外之意：有他们在，宫里发生的事情我怎么可能不知道。

我期待着文命直接对我说："没那事！理他们做什么！"那我就会

欢欢喜喜，抱着他睡个好觉。

结果文命的嘴张了又闭，闭了又张，我的心一下子凉了一半："你不会答应了吧？"

文命扯着嘴唇，那拖拉的样子看着让人难受："娇，我只想你知道，我最爱的永远是你……"

我整个人坐直了，嘴里冒着冷气："你不会答应了吧！"

"我……"文命犹豫着，分明在想什么措辞，"你听我说，我……"

"够了！"我盯着他，一字字道，"你还记得，在涂山时你说过什么吗？"

"我……"

见他支吾，我更生气："你不记得，我替你记着了！你说等洪水治好了，就上山来，嫁给我！文命！这句话你有没有说过！"

"我……说过……"

"说过就好！"

我掐住了他的领口。断了九尾后，失去神力的我根本不可能对他造成什么威胁，但我还是恶狠狠地掐住了他："我们青丘之国的规矩，一个男人成了亲，心里就只能有一个女人！咱们成了亲，你就只能有我！"

"可是娇……这里是山下！这里是帝丘，不是青丘！"我看到，他的眼睛也红了。

"那又怎么样！"我对他说出这样的话心里恨得厉害，却更恨自己，恨自己的手为什么发抖，"地方是变了，那你的人呢？是不是也变了？你的心呢？是不是不在了！"

屋内忽然彻底静了下来，只剩下我们两人的呼吸声。他似乎要跟我说什么，却无缘无故瞥了窗外一眼，然后拿开了我的手，什么话也不说，翻过身睡去了。

我全身都发起抖来！

他怎么可以这样！

母亲，母亲，我真的错了吗？

为了这个男人，我离开了家园，背弃了子民，甚至还断了九尾——尾巴断裂时那彻骨的痛苦到现在还记忆犹新，而换来的，就是这个男人冷冰冰的背脊！

我在床头坐了不知多久，等着他回过身来道歉，结果等到背脊都僵硬了，这个男人也只是给我看他的背脊。

不知不觉中，我的脸湿了，我知道我流了泪。直至脸皮有些僵，我知道那是我的眼泪都干了。

文命……文命！

难道一个人名字改了之后，地位变了之后，就连心也会跟着变吗？

不知不觉间，天已经亮了起来，我听到了鸡鸣，却看不到文命回头。

"好！你不要我了，那我就走。"我一边说，一边留心他的反应，每说一个字都期待着他回头，但每次期待的心都在落空后往黑暗深处下坠，"你要娶帝女，要争禅让，我不妨碍你就是了，但要我眼睁睁看着你成亲……我涂山氏还没自作贱到这份上！"

这么长一番话说完，他还是没半点反应，我的心冷了九成，披了衣服，转到外屋。七尾竟然不在，启儿睡得正酣。我将启儿抱起，用旧衣服包得严实，抱在怀里，又叫了几声七尾，却没听见七尾的回应。子契、姬弃却不知从哪里走了出来，子契说："刚才伯翳说最近几件事情有什么可疑之类的，把妭（七尾）带走了，好像要去羽山调查什么。"

他们俩在一起的话，应该不会有什么事情，再说我现在也没心思管别人了，抱了孩子就走。

子契、姬弃一起拦住叫唤："嫂子！"

我瞪了他们一眼："怎么？！"

姬弃被我瞪得有些怕，子契说："嫂子，你不能这么走啊，至少等大哥醒了再说。"

我冷笑："醒？你认为他现在真的在睡？"

说着，我抬步又闯，姬弃已经退开了。子契硬着头皮说："嫂子，要不你再等等？今天的事情我们也有听说，但我相信大哥他有他的难处……"

文命的翻身无情，已经让我冷了心，这时候子契再说这话，只叫我眼里犹如要喷出火来！

或许是我的样子实在吓人，子契后退了两步。我抱着儿子，顶着破晓的寒风，就这样离开了帝丘。

我不知道走了多远，甚至不知道要往哪里去，但朝着曙光的方向就是了——因为青丘之国在东方！

青丘之国……那是我的娘家，却被我因为一个男人而抛弃，而现在，这个男人又抛弃了我……想到这里，我心里又是一阵悲苦。

"娘……我们要去哪里？"

启儿醒了过来，但他的问题却让我无法回答。

当初离开时有多决绝，现在要回去就有多狼狈——而且我还回得去吗？就算母亲肯接纳，我和启儿也将一生一世受尽族人的嘲笑。

三岁的孩子，还不大懂事，没得到回答也就没追问了。他吃饱了又睡，我休息好了便走，一路走走停停，天白了又黑，黑了又白，不觉进了一座大山。

山石硌得我脚趾痛，山风吹得我脸皮疼，痛楚中我也慢慢冷静了下来，回想前夜发生的一切，文命的态度确实和平常不大一样。

难道如伯翳所说，事情真的有什么蹊跷？难道如子契所说，文命真的有什么苦衷？但到底是什么苦衷，连对妻子都不能诉说？

还是说他真的变心了？

还有，伯翳和七尾是最关心我的，这种时候怎么会跑不见了？还去调查什么事情？羽山？那又是什么地方？

事情想得多了，怒气也就渐渐散了，我依旧走啊走，却偶尔忍不住回头，然后就逼自己不要回头！

涂山娇！涂山娇！你这没出息的！还回头做什么！难道还等着那个没良心的来追你回去吗！

这个念头才划过，就听后面传来文命的声音："娇，娇！娇——"

我的心一颤，脚步停了下来。我骂自己，告诉自己别停下，继续走，别等那个臭男人！

可我的脚却不听话。

"娇！别走，别走了！"

我眼角不知不觉地有些湿润，心里骂自己不争气，却还是一边回过头来，一边对自己说："等他到了，一定不能这么轻易跟他回去！要让他认错，让他低头！让他……"

"娇！"

我已经完全停住了脚步，回头等他。天又黑了，没有神力的我看不远，月光照耀下，只能隐约见到那熟悉的身影在奔近。我等到他奔到近前，这才准备开口骂他几句出气，却见他瞪着我，就好像我身边有什么怪物，然后说了一句让我心头血都彻底冷掉的话来："把孩子……留下！"

我的手脚瞬间冰冷，比涂山之巅的冰雪还要冷！我的血脉都像冻住了一般，我的心也在瞬间死掉了！

绝望让我身体里残存的狐血反噬我的人躯，我一点点地化成了石头，冻结在这个月光下的嵩山上。

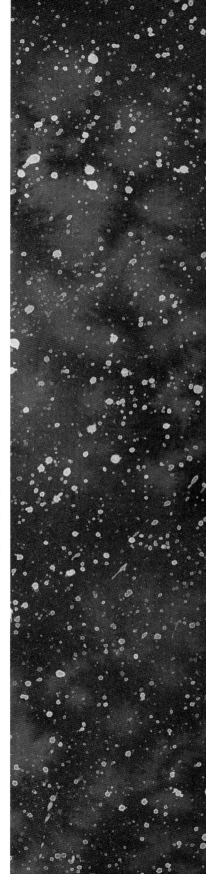

禹之章捌·劈石

我的一生从未有过如此之荣耀。

站在四岳台上，离巅峰只差一步，下方是万众对我欢呼，上面是舜帝为我赐名，从此我有了一个新的称号：大禹！

但是我的心却全都没在这些荣耀上。我想着我的母亲，我的妻儿，以及接下来要走的那一步！

我可以选择忘记我的母亲，假装忘记她的冤屈、她的遗志，忘记她在万丈深渊中虽死不宁的灵魂。

可是，我做不到。

哪怕和羽山隔着数千里，我也夜夜都能听见母亲在哀哭。我身上流着她的血，继承了她治水的决心，也就一并继承了那刻骨的仇恨。

舜帝为我赐名的时候，就站在我的面前，离我只有一步之遥。他已经很老了，苍苍白发稀疏脱落，我相信，如果不顾一切的话，我一定能将他拉下来，然后为母亲报此血仇！

这个念头只是一闪，我就看见一直陪在他身边的那个青年战神——少祝融！

他杀灭共工亡灵那一瞬间的神威在我脑中一闪而过，那是足以令人惊惮一生的强大，就算是我也不敢直面他的锋芒。

何况，还有一个问题我必须先确定：我要知道，舜帝是否也像老祝融那样，明知道自己错了，也要抹掉一切不利于自己的痕迹，以维系他身为天下共主的无上威权！

英雄归来的仪式结束后，舜帝赐宴。进宫之后，气氛就宽松了很多，四岳都有说有笑，于是我趁机若无其事地提了一句："听说三十年前，也曾有人治过水，还差点成功了。"

包括皋陶在内，四岳的脸色都变得有些尴尬。北岳斥责我说："禹司空！那时候你应该没出世，不清楚也情有可原，但不能胡乱说话！那人不是治水，而是在祸害天下！所以才会被帝处死，明正典刑！"

我"哦"了一声，眼睛望向舜帝："帝，是这样的吗？"

舜帝深深地看了我一眼。在那一瞬间，我甚至产生一种错觉，似乎他看透了我的内心，不过我相信那只是错觉。

"那是一个罪人。"舜帝的声音，显得有些疲倦，"当年尧帝让我负责此事，将她处死，是我下的命令。"

我要用尽力气，才能让我的脸不表露出一点异样来。骓兜的声音在我体内震荡："听听，你听听！"

我有些不死心，又问了一句："那她的本心，也是坏的吗？"

四岳都朝我望过来，眼神都有些古怪。西岳喝道："禹司空，你这么说是什么意思，难道你在质疑帝吗？"

皋陶赶紧为我说话："斟寻兄何必这么激动，司空是年轻人，不了解当年的事情所以才多问两句罢了。怎么会说到'质疑'二字？"不过，皋陶也望向舜帝等着回答。

舜帝再次深深看了我一眼。我等待着他的回答，只要他言语之中哪怕有一丝的悔意，我都愿意拒绝骓兜对他的种种恶意揣摩。

但是，没有！

"鲧害了天下，"舜帝的声音非常平静，"所以，她是罪有应得。"

罪有应得！

我的眼睛一下子眯了起来。我必须这样，不然我一定会暴露自己此时心里面的怒火。但我却仿佛能够看到羽渊的黑气在翻滚，在沸腾！

骓兜说得没错，坐在上位的这些人，一个都不能信。他们心中没有是非，只有大局！而这个所谓的"大局"，究竟是为了天下，还是为了他们自己？谁能说得清楚！

当年能与他争夺帝位的人，共工成了水患的罪魁祸首，而我母亲则因为治水成了千古罪人，只有他最后登上了帝座。哪怕天下人受尽了水患的折磨，他也稳稳坐了三十年的帝座，因为所有的罪过，都已经让共工与我母亲担去了。

我不能再问下去了，再问下去，会引起对方的警惕。

我恭顺地低下了头。老祝融的两次谋杀，教会了我一个本事：伪装。骓兜说得对，在这些人面前轻易袒露自己的心迹，会被他们吃得渣都不剩。

骓兜曾经说过的话，再次在我心里不停回响："一旦身份暴露，不但你的功勋将瞬间化为乌有，你的妻儿也会变成别人砧板上的鱼肉！"

"如果你赢，你就能坐拥天下，但如果你输了，不但你性命难保，连你的老婆、儿子都得死！"

"如果你想保护你的妻儿，唯一的办法就是在身世暴露之前坐到帝位上去——为此哪怕不择手段！"

"因为只有你成了帝，你才有机会报仇，才有机会给你的母亲申冤，才有能力保护你的家人。对你来说这是最好的一条路，也是唯一的一条路。"

我用骊兜的警告，将自己的心层层武装了起来。

所以当北岳提起我出身不好的时候，我也能带着谦卑的笑容，不露一丝不悦，而当南岳提出让我迎娶二位帝女的时候，我也没有表示反对。

我只爱娇一个人，但我要报仇，我要让母亲沉冤得雪，我还要保护妻儿的性命。要同时完成这三件事，我必须登上至尊之位，而为了达到这个目的——用一些手段，我也顾不得了。

不知道是不是错觉，当南岳提出帝女下嫁的建议而我未作反对时，我感觉舜帝似乎第三次深深地看了我一眼，但这次，我垂着眼帘，并未与他对视。

从帝宫里出来，皋陶有些怀疑地看了我一眼，但他没说什么。

回家的路上，我又撞见伯翳。他拉着我到一个秘屋，屋外栖息着十几只乌鸦——我知道那是子契安排的哨岗，屋里头只有他和子契、姬弃三个人，他们是我最信任的手下。

"姐夫，你最近是不是发生了什么？"伯翳说，"这里只有我们三个，你如果有什么苦衷，都不妨跟我们直言。无论你要做什么，我们都支持你的！"

秘屋有一个小小的窗口，乌云移动，露出月亮。我看着月亮，犹豫着要不要跟他们坦白，可就在这时，一尾勾玉鱼影在黑暗中一闪而过！

我警惕起来，记得骊兜曾说，那是舜帝的化身——他在监视我？

"没有！"我断然说，"什么事情也没有，你们想多了。"

三人错愕地望着我，似乎是没想到我会这样回答。

"不过，"我说，"接下来我身边大概会发生一些变故，但无论发生什么，我希望你们答应我一件事。"

"姐夫，你说！"

"不管出了什么意外，都请你们替我保护好娇，还有启儿。"

伯翳的脸色变得很奇怪："为什么要拜托我们保护？你自己呢？"

我没有回答，说完我能说的话，就不再去看他们的反应，径自回家。

我已经预料到娇应该听到了什么风声，但娇的反应，还是比我想象中来得更大。但她越是这样，我就越下定决心：她必须离开！

她性子这么烈，未必守得住秘密。

帝丘这潭水太深太浑，虽然我已经下定决心要夺取帝位，但万一我失败了呢？我不想她跟着陪葬。

所以我冷着脸，硬着心，不管她说什么，都扮演着一个负心人的角色，但看到她那么难受，我的心也不好过，最后干脆转过身去。即便那样，我还是能听见她控制不住地啜泣，感受到她的颤抖。

她是涂山一族的神女啊，何其高贵，何其骄傲，怎么能经受被自己深爱的人背弃？

此刻的她一定心如刀割，因为我的心脏也像被刀子在挫着。

"好！你不要我了，那我就走。你要娶帝女，要争禅让，我不妨碍你就是了，但要我眼睁睁看着你成亲？我涂山氏还没作贱自己到这份上！"

她终于出了门，我再也忍不住，翻身起来。我几乎就想冲出去，对她吐露真相。

可就在这时候，乌云又移去了，窗外透出月光来。皎洁的白色月光中，一尾黑色勾玉如鱼般在窗口一闪而过！

舜帝?

一瞬间，我闭上了嘴，神色也变得刚硬。

过了不知多久，子契和姬弃敲门进来，告诉我，娇走了。

"嫂子把孩子也抱走了，我们拦不住。"

把孩子也带走了？那也好，都回涂山去吧。

如果我所谋失败，至少他们母子能保住性命；如果我所谋成功，那时再将他们接回来也不迟。娇要怨就怨吧，等事情告一段落，我相信她会理解我的苦衷。

然而子契的一句话，打碎了我的美梦。

"大哥，我不知道你想做什么，但我看大嫂的神色，心里应该还有一点希望你追出去的念想。现在你若追出去，应该还能挽回她，但如果不追，等她对你彻底死了心，以大嫂的性情，只怕往后未必会再听你解释。那样的话，你就真的永远失去他们母子了。"

我的心一下子千百丈地往下坠落！

我想起我的妻子那决绝的性情，当初为了我她连母亲、家族都舍弃了，甚至为此断尽九尾，一旦被我背弃，当初有多深的爱，就会变成多深的恨！

以阿娇那激烈的性情，一旦真的死心，只怕今生今世将再难挽回！

姬弃嘟哝了一句，声音很低，却是狠狠补了一刀："世上真有什么事情，能比妻子、儿子还重要？"

我浑身一震，这时仆从进来说："东门那边有头象兽发了狂，踩死了一对母子……"

我的心噔地一跳，再控制不住自己，狂奔出门！

"你做什么！"骧兜的声音在我体内回荡，"快回去！快回去！不要露了破绽，那就功亏一篑了！"

"可那是我的妻儿啊，我不能失去他们，我不能！"

"被象兽踩死的，未必是你妻儿。"

"可万一是呢？"

果然不是的，幸亏不是的。

可看着那可怜的尸体，我再也放心不下，继续朝东门走去。

"你做什么！"骓兜在我体内大叫。

"我放心不下她……我还是去找她回来吧。"

"蠢货！如果你决定向她坦白，昨晚就不要扮什么负心人！既然之前都已经做到这份上了，现在还追出去道歉、忏悔，那算什么！"

我知道骓兜说得没错，可我还是控制不了自己。

乱糟糟地奔出帝丘之后，我就朝东走。狐死首丘，就算当初她已经与故国决裂，我想她最后也一定会朝故乡而去。

我没敢发动人手，只是自己一个人乱找，越找心就越乱。

如果找不到人怎么办？

如果找到了，娇还会原谅我吗？

如果娇原谅我了，我带他们回去吗？

但如果带他们回去，万一被虞舜知道我的秘密怎么办？

我斗得过虞舜吗？万一斗不过，娇和启儿会不会有生命危险？

从白天找到黑夜，又从黑夜找到白天，既然找不到她的人，心里也一直没能得出一个确定的答案。

不知找了多久，我竟进了嵩山，有精灵在歌唱。我莫名地跟着它们，然后终于在嵩山上望见了娇的背影！

天是黑的，月是缺的。

那一瞬间，我忘记了一切顾虑，失控似的狂叫了起来："娇，娇！娇——"

她的脚步似乎慢了下来，我疯狂地冲过去！

"娇！别走，别走了！"

我想，她一定在等着我低头，等着我道歉，等着我好声好气地把他们母子俩接回去。

"娇！"

她已经彻底停下了脚步，我的心一宽，知道她还是有原谅我的打算。

罢了，就跟她坦白吧。

然而就在我要开口的一瞬间，一尾黑色的勾玉在娇的头顶飞过。

这就像一瓢冷水当头浇下！

也就是在这一瞬间，我的人彻底冷静了下来！

不对！我不能这么做！

怎么办？怎么办？我的脑子转得飞快，却越转越混乱。

娇已经回头，脸上带着怒气，眼神中却隐藏着期待——她虽然是狐狸，却骗不了她爱着的人。

但她万万不会想到，她得到的是我用僵硬的咽喉说出来的一句："把孩子……留下！"

"干得好！"骧兜夸了我一句。

可是，只一弹指的工夫，我就眼睁睁看着娇的眼睛变成了死灰色。

我的心在下沉——她的心，怕是死了。

在这一瞬间，我突然后悔了——我究竟做了什么啊！

"不要再做幼稚的事情了！"在我想再次开口时，骧兜在我体内厉声喝道，"把孩子夺下！然后回帝丘，完成你要做的事情。登上帝位之后你可以再设法救活她！现在硬不起心肠，你不但救不了她，连你自己都得赔进去！"

我不知道是被他骂醒了，还是被他蛊惑了，就在那里一直站到娇完全化成石头。然后，我手起劈落，切下了望夫石背后的那块石头。石皮破裂，启儿从石中破出，哇哇大哭。

"娘，娘……娘……"

我抱紧了孩子，立刻转身。我必须背对勾玉，不让对方察觉到我变得无比难看的脸色。

娇这一生……大概是不会原谅我了。

但事已至此，我无法回头。

启儿用尽一路的时间，哭哑了他的嗓音；我也用了一路的工夫，平复了心情。回到家中，伯翳、七尾都不在，我没法自己带孩子，就将启交给姬弃照顾。

"好好照顾他。"我说，"我不是一个合格的丈夫，但作为父亲，我要给他撑起一片不需要纠结的天。"

子契和姬弃呆呆地望着我。好久，姬弃才问："大哥，你……你要做什么？"

做什么？

我望着四岳台的方向，用平静得连我自己都有些害怕的声音说："我要迎娶帝女，我要登上帝位，我要成为天下共主！我不想再像今天一样主宰不了自己的爱恨。我要让自己的意志，贯彻于这片天空，覆盖在这片大地！"

我恨哪！

狐之章玖·生尾

文命！大禹！你为什么这样对我！

为了你，我将家国抛弃；为了你，我与母亲断义；为了你，我连九尾都一并割舍——

结果你就这么回报我！

一桩桩的记忆，全都变成挖心锯肺的刀。

当我靠着门，数着日子，唱着"候人兮猗"，等候着你时，你在哪里！

当我看着秋雨，听着惊雷，吟哦着秋歌，为你担惊受怕时，你在哪里！

当我忍着孤独，对着冬天大雪，度过漫漫长夜时，你在哪里！

你从青鸟那里听到了我所唱的候人之歌，而你没能回来，我不怨你。

你知道我怀孕，错过了我临盆，为了治水三过家门而不入，我也不恨你。

哪怕你优柔犹豫，和那宵明、烛光不清不楚地拖拉逶迤，我也还是没责怪你。

但是今天，但是现在，教我如何再忍！

尽管化成了石头，但启儿与我相依为命的体温还留在我的背后。我甚至还记得他贴在我背脊上时那心跳的感觉。化石的时候，我们母子的血肉已经连成一体，但那一刀劈砍下来，我便是一块石头，也痛彻心扉！

文命！大禹！你不但背弃了当初的誓言，还连我仅剩的儿子都要夺走！

可现在我只能僵硬地站在这里，任凭风吹雨打，晨夕露沾，直到那一天——我听到远方传来歌声……

那是什么声音，为什么如此欢乐？为什么如此热闹？

嵩山的精灵循声而去，又顺风而回。精灵在我耳边歌唱着，唱着让我心冷的歌：

水患既已，
禹台复立。
功至名归，
以迎帝女。

举世欢腾，
共庆大禹之新婚。
四方来朝，
齐贺新君将代舜。

禅让之行，
千古颂扬。
大公之举，

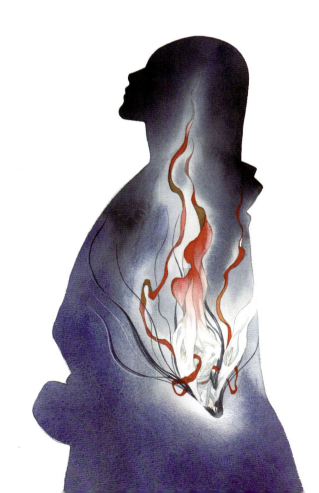

万世流芳。

大禹新婚？新帝代舜？

他终于做到了么？

抛弃了旧人，得到了新人，连姓氏都没有却爬上了帝座的巅峰！

他要千古颂扬了，他要万世流芳了！

而我呢！

我想起那个夏虫鸣叫的夜晚，我想起那个秋雷填填的夜晚，我想起那个冬雪漫天的夜晚……

我脑中响着等候他时自己所唱的忧思之歌，耳边却响着帝丘传来的喜庆之乐，混在了一起，讽刺着一个女人不求回报的付出，讽刺着一个女人被抛弃后的狼狈。

如果我是登比氏，也许就这么忍气吞声了……

但我不是！

我是涂山氏！青丘的神女，修成九尾的神狐！

文命！大禹！我怎么能让你如此顺遂！

我不甘心，我不甘心！

天地间的怨气都被我吸引，朝我汇聚，涂山之巅的九道光芒向我飞来。我所化成的狐石双目泣血，血流如注，直到将我的全身染成血腥。

嵩山都震动了，一个人面三首神从山腹中走出来。那是嵩山山神，它向我惊呼："你要做什么？"

"做什么？做什么？！"

我要宣泄一个女人的怒火，我要那个男人付出应有的代价！哪怕因此变成红色的灾狐也在所不惜！

我的灵唱起了巫歌："祖神啊！祖神！我为断弃九尾的愚蠢忏悔，我不该背弃你，我不该脱离你的怀抱。如今我终于得到了惩罚，但请怜悯我吧，请让我再得神力。我曾经放弃力量却得不到爱，现在至少要用力量来找回我的尊严！"

冥冥中我听到一个内心深处的声音，那是祖神的回应："你从未脱离我的怀抱，我也从未放弃过你。你对爱的追求是我默许的，但放弃神力并不是让你得到爱的关键，而重得神力，也无法让你得到真正的尊严。"

"但有力量的时候，至少不会受人轻侮。母亲说得对，男人是善变的，情爱是不可靠的，还是只有自己掌握了力量，才能决定自己的命运，才能实现自己的爱憎。"我用巫歌倾诉自己的欲求，"祖神，赐回我力量吧，我要让苍天知道我的愤恨，我要让大地承受我的怒火，我要让他知道，负心需要付出的代价！"

"你确定要这么做？恨水会蒙蔽你的心灵，怒火会冲乱你的神智，一旦恨开了头，再往后你将无法保持理智，一切都将一发不可收拾。"

"我顾不得这么多了！我要力量，我要报复，我要那个男人下地狱！"

"被仇恨冲昏的心神，会招来不可承受的后果。"

"现在已经没有什么是我不能承受的了！祖神，请成全我吧！"

"你确定？"

在内心深处的幻境之中，我面对九尾狐祖神，毫不犹豫地点了头——曾经的爱有多深，现在的恨就有多重！

"我确定！"

我这一点头，一股血一样的雾气就蒙住了我的双眼。

祖神也不再说话了。

来自涂山之巅的九道光芒在我身后接续，石皮爆裂脱落。我雄伟如山的火红身躯出现在人间，我的尾巴搅动着风云，我的长啸引发了雷电，

天地在震惊，鬼神在号泣。

我的脚下，刚才无比魁梧的人面三首山神现在变得如同蚂蚁一般渺小。它对着我惊叫："红狐！九尾红狐！"

我终于赤化了！

母亲说过，白狐象征着祥瑞，而红狐象征着灾难，现在的我，正是要为那个负心人带去灾难！我就算化身为妖魔，我就算血洗整个天地，就算要和他一起下地狱，我也不会让他好过！

我仰天一声长啸，四尾贯天而上，分别掌控了阴阳四象：

第一尾凝聚了春天的少阳之气，第二尾凝聚了夏天的太阳之气，第三尾凝聚了秋天的少阴之气，第四尾凝聚了冬天的太阴之气。四气四象都被我搅乱，未来的一年，方圆五百里将季节逆变，春天将无雨，夏日将下雪，秋田将无收，冬雷将震震！

我又一声长啸，五条巨尾贯地而下，分向五方，掌控五行：

第五尾吞噬了东方的木魂，第六尾吞噬了西方的金魄，第七尾吞噬了南方的火神，第八尾吞噬了北方的水精，第九尾吞噬了中央的土意。

五行聚拢，四象逆行，天也在我的赤影中摇荡，地也在我的怒火中震动！

我的第三声长啸，令得风雨交加、雷电狂作，继而嵩山崩，大地震。在嵩山山神的惊惶中，我朝着帝丘呼啸而去！

禹之章 玖·婚变

　　为了铭记我的功绩，诸族在帝丘西部筑建了一座新台，名叫"禹台"，环绕禹台的屋舍成了新的司空府。

　　今天司空府张灯结彩，因为它将迎来新的女主人。

　　是的，在虞象的推动下，我接受了舜帝的赐婚，即将迎娶二位帝女，天下诸侯也乐见这一切——他们因为我治好了神州水患而爱戴我。今晚我就像当年舜帝迎娶娥皇、女英一样迎娶宵明、烛光，在他们看来，这是一个信号：它意味着我将在不久之后，如同尧舜禅让一般，接受舜帝的禅让，登上帝台，成为神州大地新的共主。

　　我让姬弃将启儿远远带走，但一想起嵩山上变成石头的娇，我的心就难以安稳。

　　四方诸侯闻讯纷纷来贺，除了子契、姬弃这些旧部之外，没人问我以前的妻子在哪里。

　　"他们不会过问的，而且还会帮你抹掉你不想记得的一切。各族以后所传唱的史诗之中，只会有宵明、烛光，不会有什么涂山氏。正如天下人都知道娥皇、女英，却没人会提起登比氏一样。"——驩兜非常邪恶，但他的话总是变成了现实。

可我不是驩兜，子契、姬弃也不是，总会有部族用自己的方式铭记娇的，正如登比氏的名字还是被一些边远部族传了下来，不然我怎么会知道？如果启能够长大成人，他也会怀念自己的母亲。

而我呢？我怎么能忘得了那个唯一能让我在恐惧与愤怒中暂得安宁，让我在仇恨与压力下隙偷得欢乐的女子。

我只能不停地告诉自己：等大事已定，再设法把启接回来，再设法让娇复活！

"来了，来了，送亲的车队来了！"

诸侯欢呼着迎出大门，舜帝的弟弟象和东岳皋陶送来了两位帝女——皋陶本来不愿意做我的证婚人，但当我展现了强势硬请后，他还是答应了。而来道贺的诸侯更是个个面带欢笑。

就在这时，巨变陡生！

东方的天空忽然间风起云涌、电闪雷鸣，虞象喃喃道："这时候怎么忽然打雷？"

然后，满屋子的家具陈设忽然剧烈摇动，甚至墙壁也在摇晃。

"啊！地动，地动！"

皋陶屈指盘算，脸色变得有些难看："不好，天象有变，社稷将生灾难。这场婚礼……"

虞象脸色一变，打断了他："婚礼如期进行！不！加速进行！"

他催促着司仪加快婚礼的节奏，而东方的风云则越逼越近。

来贺的诸侯一边带着笑容向我祝贺，一边忧心忡忡地看着东面越来越明显的天象变化。

当司仪高叫"新人行礼"时，东方一团红云滚动着，逼至帝丘东大门，一个尖锐的声音从空中传来："文命！文命！你把儿子还给我！"

我惊骇地望向东方，扔开了宵明、烛光的手——这是娇？

守护帝丘东门的兵将已经行动，灭蒙的子孙乘风而起，抵御风雷，却瞬间就被红云吞没。

"不好，"皋陶说，"东门失守了。"

红云滚滚，压到了司空府的上空。

一个巨大而狰狞的头颅在空中显现。它双眼闪着烈火，獠牙如同刀锯，喷出的气息污臭不堪，搅动的罡风拂面生疼。

"妖魔，妖魔！"来贺的宾客惊慌大叫，有的在逃跑，有的要御敌，虞象躲在了台底下，宵明、烛光也都变得面无人色，只有我一个人待在那里，久久不能动弹。

娇，难道是你吗？

眼前这个凶狠而丑陋的怪物真的是你吗？

那么美丽而纯净的你，怎么会变成现在这个样子？

"大哥！小心！"

"司空，快躲开！"

子契冲过来将我扑倒，这才堪堪闪开横扫过来的一条尾巴，而一间屋子在红尾的横扫中彻底坍塌。

"诸族兵将，还不赶快动手，降服这个妖魔！"虞象浑身颤抖，从台底伸出手指向九尾红狐。

"别，不要！"我脱口而出，迎面却是又一条尾巴扫来。

诸族的族长、祭司慌忙行动，禹台周围，百神降临，围绕着九尾红狐发动攻击。但经龙门山一战，诸族、诸神消耗过大，至今元气还未恢复，被九尾左一尾横扫，右一尾纵贯，转瞬间诸神败退，整个司空府七零八落。

幸好今天来道贺的诸侯之中，有一些未曾参与龙门山一役。

祷过[1]一族召来犀神、兕神、象神——三神都力大无穷，一脚踩下地皮，就是一阵狂震。三神合力，踩住一尾。

英水一族召唤来土神兽狸力，发动土神法，泥土如旋涡般旋绞，将第二尾扯住拖往地底。[2]

宪翼一族召唤来玄龟。[3]玄龟发出"攀母攀母"的叫声，空气冻结成玄冰，冻住了第三尾。

鹿台一族召来鳧徯之神[4]，万千凶器从天而降，有刀有剑，有戈有矛，将红狐的第四尾牢牢钉死。

女床一族召唤出鸾鸟，佐水一族召唤出鹓雏。[5]两大神鸟凌空而至，各自啄住一尾。

章莪一族召唤出毕方。[6]毕方吞吐火焰，困住了红狐的第七尾。

虖勺[7]一族召唤出一片神木树林，长出万千荆棘，将第八尾钉住。

翼望[8]一族召来讙神。讙神形如狸猫，一目而三尾，能发出仅次于夔牛的音波，音波震荡，直接攻击红狐的五脏六腑。

受伤的红狐发出了惨叫，我的心没来由地一痛，就听红狐的惨叫声

1　祷过：南方的一座大山。根据《山海经》记载，这座山上有很多金玉，山下平原则有很多犀牛、兕兽和大象。

2　英水：南方的一条河流，发源于柜山，向西南注入赤水。根据《山海经》记载，在英水的源头柜山上，有一种叫狸力的土属性神兽。狸力：柜山上的一种土属性神兽，长得像猪，但足爪像鸡，声音如狗，出现的地方就容易有动土的工程。

3　宪翼：根据《山海经》记载，是南方的一条大河，它有一条支流叫怪水，其中多玄龟。玄龟：又名"旋龟"，身子像龟但是有鸟头蛇尾，发出的声音是"攀母攀母"。

4　鹿台：西方的大山。根据《山海经》记载，这座山上有牛、羊、豪猪，还有一种叫鳧(fú)徯(xī)的神鸟。鳧徯，人面鸡身神，根据《山海经》记载，它的出现预兆着将出现战争。

5　女床：西方的一座大山。根据《山海经》记载，这座山南边有铜，北边有石墨，山上还有虎、豹、犀和瑞兽兕(板角青牛)。此山部落以鸾鸟为守护神。鸾鸟是一种神鸟，它的出现会为天下带来安宁。佐水：南方的河流，向东南入海。根据《山海经》记载，佐水向东南注入大海。佐水部落以鹓雏为部落守护神，鹓雏与凤凰、鸾鸟并列为上古三大神鸟。

6　章莪：西方的大山，没有草木，但是有很多美玉。根据《山海经》记载，这座山上有神鸟毕方。毕方：火属性神鸟，能带来一种叫讹火的怪火，令一个地方无火自燃。

7　虖勺：南方的一座大山。根据《山海经》记载，这座山下面生长着大量灌木类植物，荆棘遍布。

8　翼望：西方的大山。根据《山海经》记载，这座山没有草木，但是有很多美玉，山上还有神兽讙。讙独眼三尾，叫声可以压倒其他一切的声音，还能抵御凶邪之气。

越变越凄厉，最后变成长啸。狐啸驱散了顶上乌云，月亮露了出来，照耀着她的第九尾，第九尾凌空而起接续了月光之力，其余八尾一起振动，四象逆乱，五行反制。

火焰熔尽了鹿台一族召唤的万千凶器；金风如刀，把虖勺一族召来的林木与荆棘绞成粉碎；寒冰冻住了毕方；泥土高高垒砌起来，变成巨大的牢狱锁死了玄龟；被狐啸召唤来的神树若木破土而出，瞬息长成参天大树，树根将狸力缠得动弹不得。

红狐再啸，狐啸中电光闪耀，劈落了鸾鸟、鹓雏。红狐一脚踏出，踩死了翼望族长。火红之尾再扫，诸族祭司死伤了十几个。

在治水的时候，哪怕面对漫天浪涛我也能果断做出正确的决定，但在娇的事情上，我却心乱如麻，纠结迟疑。

我不希望娇受到伤害，但来贺的诸侯里有不少我的朋友，再说娇这样不停地残杀无辜也是罪孽，我也不能看着她这样增加自己的杀孽。

这时宵明、烛光飞了起来，想要逃离现场。在这月夜之中，她们身上发出的光华是那么耀眼。九尾红狐看到她们，双眼冒火，獠牙闪动，就朝二位帝女咬落。

"不可啊！"

皋陶在龙门山元气损耗了十有七八，这时勉强化身飞廉，振翅而起，挡在了九尾红狐面前。

"娇，是我！我是你皋陶伯伯！"

九尾红狐看到飞廉，只是一顿，跟着獠牙一合，飞廉羽毛脱落，从高空坠下，幸亏子契飞起将他接住，否则势必摔个粉身碎骨。

"灾劫，灾劫……"重伤的皋陶，在昏迷前喃喃说出最后一句话，"娇的神智已失……文命，这都是你的错啊……"

看到在场宾客死伤惨重，连皋陶也被伤害，我再也站不住了。由于

山海经·候人兮猗

飞廉的一挡，宵明、烛光得以顺利逃走，但那些还没离开的诸侯，却还在奋力抵抗着九尾红狐。

不能再这样下去了，我知道，我必须阻止她！宾客无辜，众人无辜，就算有什么灾祸也应该由我来承受。

我冲上了禹台，对着红狐大吼："过来！我在这里！"

听到我的声音，九尾红狐倏地转头，朝着我两眼渗出了两团阴冷的火焰——那是怒火，还是眼泪？

"大禹！大禹！你把丈夫还给我！"

九尾红狐向我扑了过来，台下的诸侯纷纷高叫："司空！快走！""这妖怪已经疯了！"

禹台是后土部起的地基，句芒部送的梁柱，蓐收部造的栏杆，台上有祝融部点燃的长燃炬，玄冥部化生的幻波池。

当九尾红狐逼近，禹台周围自然而然就形成强大的神力屏障。然而这些神力屏障再强大，在九尾红狐的怒火中也是层层崩塌。

"快走！这妖孽已经通天彻地，这里没人拦得住它了！"骧兜的声音在我脑中回响，"快去舜宫，让少祝融来收了这妖孽！"

"她不是妖孽，她是我的妻子。"

"什么妻子，现在她就是妖孽！"骧兜几乎在咆哮，"你也不想想，你付出了这么多，为的是什么！只要帝女下嫁、舜帝禅让，你就能登上帝位，你就会成为中原的共主！然后你就能替你的家族正名，替你的母亲报仇，你就能完成你所有的心愿！"

心愿？我的心愿里头，难道不包括复活妻子、挽回感情吗？

如果娇没有来，如果一切按照我原本的计划，那我的心愿还有可能完成，但现在还可能吗？

我喘息着，听着骧兜声声句句的蛊惑："反正这头妖狐已经犯了众怒，

天下已经容不下她了，你不杀她，天下人也要杀她。男子汉大丈夫，该狠心的时候就得狠心，最多等你登上帝位之后，对她的族人和儿子做些补偿就是了。"

我看见台下死伤狼藉，连皋陶都躺在血泊之中。我知道驩兜说得没错，娇结下了这么多的仇恨，天下已经容不下她了。

如果我立场没站对，伤亡者的家属会连我一起恨上。

"快走，快走！"驩兜叫道。

"司空，快走！"台下众人叫道。

但我却巍然不动，只是看着步步向我逼近的九尾红狐。我激发自己的潜力，沸腾自己的热血，驩兜惊道："你要做什么！"

"我要阻止她，"我说，"我不能让她再错下去了。"

驩兜急得要发狂："不可以，你不能这么做！只剩下最后一步了，你不能在这时候当众化熊！"

就在这时，皋陶虚弱地向禹台伸出了手："祖神，请赐神力于司空。"

不知多少族长、祭司，也都朝禹台伸出了手："祖神，请赐神力于司空。"

各种力量向禹台汇聚过来，我澎湃的热血异化了我的身躯，但我并没有化成巨熊。飞廉之神赠予我鹿角，兕神赠予我牛首，象神赠予我象耳，鸾鸟赠予我鸾足，狸力赠予我尾巴，冯夷之神赠予我鱼鳞……我巨熊的身躯高大有如山岳，但已经看不出一点熊的样子——我的外表，已是半龙之躯！

诸族各有守护，各有图腾，只有万神汇聚，图腾一统，乃成神龙。自轩辕以后，神龙便是中原共主才能召唤的最高守护。句芒、蓐收、祝融和玄冥这四大方伯能够驾驭龙种，也是出于天子的许可。

"哈哈，化龙了，化龙了。"驩兜出乎意料之外地狂喜起来。

而我也感应到体内荡漾着前所未有的强大力量。当初若有如此力量，就算是在水下，我也不会畏惧相柳。

我的角沟通苍天，与风感应，理顺了天时；我的尾巴探入地底，与土相融，理顺了地气；我腹内一股气息震动，形成龙啸冲霄而起，让逆乱的四象回归本位；龙须飘动，让被九尾红狐控制的五行反过来听我号令。

失去四象、五行支持的九尾红狐，只剩下她本体的力量。她扑了上来，我避开了她对要害的攻击，一边抵挡她的爪牙，一边要反手将她制服。半龙的我和九尾的她翻滚在了一起，互相撕咬，彼此混战。大战的范围逐渐蔓延开来，将禹台附近打得地形大变，周围民舍全都成了废墟。

最后还是我占了上风，半龙的力量仿佛无穷无尽，而九尾的力量却开始衰竭了。她仰天长啸，我却同时发出龙吟。明月在灵狐啸月中本来正要大放光明，却转眼有一阵风吹动漫天云翳，将要洒落的月光遮蔽得半点不剩。

在她力量软化、身躯缩小的一刹那，我用鸢足一拍，将她按在了禹台之上！

九尾红狐挣扎着，扭动着，却被我以龙力彻底压制。

"哈哈哈哈——"骧兜在我脑中狂笑。"杀了它！杀了它！它刚刚招了那么多的仇恨，现在你只要当众铲除这妖孽，你在天下万族中的威望就将无可动摇！杀了它！杀了它！"

骧兜说得对，只要我杀了眼前的九尾红狐，我的计划仍然能够继续进行，否则，一切都将前功尽弃。

但是，我怎么下得了手？

"杀了它！杀了它！"骧兜厉声说道，"不杀它，你怎么将计划进行下去；不杀它，你怎么继承帝位；不杀它，你怎么向台下支持你化龙

的天下万族交代！"

"杀了它！杀了它！"诸族的残余人马也在高叫。他们有亲人受了伤，甚至有族长丧了命，这时九尾红狐在他们眼中就是一个十恶不赦的存在。

我望向台下，无数族长、祭司都等待着我下一步的行动——除了皋陶，他们的期待都与骓兜一样。

我再望向九尾红狐，龙目对上了她的狐瞳。

她已经失去了神智，完全兽化的狐瞳只余下对我的痛恨。

"你！你！"抗拒不了我的九尾红狐，朝着我发出哀号："你把我还给我！"

什么！

把你还给你？

娇不再是要她的儿子，不再是要她的丈夫，而是在要她自己了。

是啊，她会变成现在这个样子，变得连神智都失去了，不都是我害的吗？

我的鸾足一软，再也硬不起心肠，将她远远推开。

"你做什么！"骓兜惊呼。

"司空！"台下诸族都不明白我此举的意思。

"你走吧。"我对着九尾红狐，指了指远方，颓丧地说，"走！"

所有人都明白过来了，他们所景仰、信任的我，竟然要放过这头残害了他们亲人的妖狐。

在诸族族长与祭司怀疑的眼神中，诸神收回了神力，我失去了象耳、牛首、狸尾、鸾足、鱼鳞……最后皋陶阖上了自己的眼睛，鹿角也消失了。

我重新变成了一个人。

骓兜的声音充满了失望："你竟然……你太让人失望了！你知不知道，你这么做，你之前所有的努力、所有的牺牲都变成了无用功！你这个不可救药的蠢货！你知不知道你在做什么！"

"我知道，"我孤零零地站在禹台上说，"不杀她，我之前所做的一切都变得没有意义，但要我杀了她？……我做不到。我无论如何也做不到……"

无论怎么算计，我都不应该这样做！我不忍！我过不了自己心里的那一关。

就在我满脑混乱的时候，月亮又从云翳空隙中露脸，一尾黑色游鱼穿过了我的头。我猝不及防，心中的念头尽被偷去！

"啊！"骥兜在我体内发出惨叫，"他发现了！他发现了！我们都暴露了！这下子，真的全完了！"

我木然地站在那里，迎娶帝女的计划已被打断，现在又被舜帝知道我的一切隐秘，我的一切图谋都已落空，而娇又这么恨我……转眼间，我发现自己竟是失去了一切。

九尾红狐一摔之后，缩小了数十倍，但还是比牛、象还大。她喘息着，疯了般再次跳上禹台，朝我冲来。

这一次，诸族望向我的眼神充满了审视，没人再出力帮我。

一个叫声从东面传来："姐姐！姐姐！"

一头白色的七尾灵狐，驮着一个青年赶到现场。看到满目疮痍，两人都惊呆了，随即七尾冲到我和九尾红狐之间。

"姐姐，姐姐，我和伯翳在羽山找到真相了。"七尾叫道，"姐夫，他不是故意这样对你的！他有苦衷！啊——"

七尾被发疯的九尾狠狠甩开，然后又向我冲来。她现在已经彻底丧失了理智，只凭仇恨与本能要杀我。

这时我万念俱灰，只是呆呆看着冲过来的娇，毫无反应。

伯鷾继续拦在九尾身前，叫道："姐姐！你怎么了！你醒醒，你醒醒！"

九尾要把他甩开，却被他缠住，最后露出了獠牙，朝着伯鷾的咽喉狠狠咬下。

"不要！"看见伯鷾遇险，我惊醒回神，却已经来不及阻止。

"姐姐！"七尾惊呼。

"啊——"伯鷾惨叫。

我双足发软，全身颤动，我不能想象如果娇能醒来，知道了自己的作为后，她如何承受——正如我在嵩山那一劈之后悔恨无穷，却也已经无法挽回自己的错误。

鲜血喷洒中，九尾红狐的身形似乎僵住了。

伯鷾被九尾咬断了喉咙，奄奄一息中，却还是对九尾露出一个期待的笑容："姐姐……你醒醒吧……"他最后的生命，化成了一阵轻风，那黑色鱼影也汇入风中。

轻风和着细语，诉说着伯鷾所调查到的一切。鱼影化出光象，里头尽是从我脑中窃取到的念头。

凡是被风吹到的人，就会听见那细语，脑中就会化出各种画面。

我在这些画面里头，看到了羽山，看到了母亲，也看到了我自己……

狐之章拾·回心

在一片迷蒙之中，我仿佛听到了伯翳凄厉的惨叫，那是一种生死之声，是一个人陷入死亡前的叫唤。这声音撕开了我眼前的血色迷雾，让我的眼睛看到了濒死的伯翳——

弟弟！弟弟！

我隐约看到他脆弱的咽喉被獠牙咬断——那是我的獠牙？

怎么会这样？

怎么可以这样！

我怎么可能对伯翳做出这样的事情？

再看得远一些，我更发现了无数仇恨的目光。一座高台之下、废墟之中，躺着难以计数的死伤者——那些人，都是我杀害的吗？

我都不认识他们，为什么会杀害他们？

是那仇恨的红雾蒙住了我的心眼，才让我如此丧心病狂么？

不行，不能再这样下去了。

透过那一条空隙，我能感受到伯翳的身体在变冷、变僵。

不行，不行啊！

当眼前的红雾要再次合拢，我哭泣着要将它扒拉开。

祖神的声音在我脑中响起："你不是说，没有什么后果是你不能承受的么？"

"可是，我只是想报复他，并不想伤害其他人，更不想伤害伯翳。"

"但结果却是你已经伤害了他们。人啊，能做到的只是让自己不种恶因，而无法在种下恶因后掌控恶果的蔓延。你如此，你所恨的他如此，他所恨的人也如此。"

我哭泣着："我错了……祖神，我错了！"

红雾的合拢停止了，一阵清风从那缝隙中吹拂进来，风的细语在我脑中形成画面，那应该是伯翳这段时间的推测与见闻。

我看到了被黑气盘绕的羽山，我看到了万丈深渊中一个女人的亡灵。伯翳启动了风之通灵术后，就听到那女人的亡灵向他诉说冤情，她的记忆窜入伯翳的脑中，然后又通过风语在我脑中重现。

为了治水，她不惮艰辛；为了治水，她偷窃息壤；为了治水，她干犯天条。但是她的治水终于还是失败了。失败之后她被定为罪人，祝融的吴刀夹带着火焰将她杀死在羽山，从此她与她的部属都万劫不复，受尽天下唾弃。

她当时已经怀有身孕。人已死去，尸身上鼓起的肚子却仍在律动，但吴刀却又跟着剖向她的肚腹！

这一幕看得我心中一颤！同为女人，又怀过身孕，我无法容忍有人向另一个孕妇动手。这让我想起龙门山治水的最后一刻，如果文命当时失败了，他会如何？子契会如何？姬弃会如何？伯翳会如何？我和启儿会如何？是否我们之前的一切努力与牺牲也将因为最后的失败而被一笔抹杀？

或许，我的男人所承受的压力，比我一直所感受的还要大。

风语带来的画面还在不断闪过，吴刀切开了肚腹，一尾白色的勾玉如鱼一般游近，它的出现让情况产生根本性的变化。

浅浅的伤口没有伤害遗腹中的孩子，一个三岁大的婴儿从血泊中挣扎出来。白色的鱼影让飞鸟衔来果子，让虎狼带来它们吃剩的肉块。孩子就这样在白色鱼影的保护下成长，慢慢长成了我熟悉的身形与容貌——那孩子，就是文命啊。

风语带来的画面至此而止，跟着脑中又闪起了一道勾玉形的光芒，然后我就看到文命走进一座大山，看到他被一个人面鸟喙的妖魔附了身。我看到他保住了祝融村，却差点被老祝融杀害；我看到他在龙门的水底拼命，结果火焰之刀却仍然要置他于死地。

"这一次如果你再错了，死的就不是你一个人，你的妻子，你的儿子，统统都得陪葬！"

"鲧害了天下，所以，她是罪有应得。"

"不管出了什么意外，都请你们替我保护好娇，还有启儿。"

"帝丘这潭水太深太浑，虽然我已经下定决心要夺取帝位，但万一我失败了呢？我不想她跟着陪葬。"

"我放心不下她……我还是去找她回来吧。"

"蠢货！如果你决定向她坦白，昨晚就不要扮什么负心人！既然之前都已经做到这份上了，现在还追出去道歉忏悔，那算什么！"

"我知道驩兜说得没错，可我还是控制不了自己……我想，她一定在等着我低头，等着我道歉，等着我好声好气地把她们母子俩接回去。"

"把孩子……留下！"

"娇这一生……大概是不会原谅我了……但事已至此，我无法回头……"

"你知不知道，你这么做，你之前所有的努力，所有的牺牲都变成了无用功！你这个不可救药的蠢货！你知不知道你在做什么！"

"我知道……但要我杀了她？……我做不到。我无论如何也做不到……"

风声鱼影带来的声声句句，诉尽了文命所隐瞒的一切。

我推开了红雾，再睁开眼睛，发现自己不知不觉中已经恢复了人身。

我问文命："所以，那个女人，是鲧……那个孩子，是你？"

文命呆呆地看着我，我也第一次看到我的男人流泪："娇！你恢复神智了？"

他是在为我哭泣么？

我沉默了片刻，又问："所以，你还是爱我的，是么？"

文命欢喜的神色变得黯然："我对不起你……"

对不起……

好吧——这已足够！

我的眼泪也流了下来，不管怎么样，他还爱着我，而且一直爱着我，那就够了——尽管我恨他做事太浑！

我站起来，环顾台下。几百个宾客的眼睛都盯着我们，刚才的风声、鱼影也让他们知道了一切，但所有人看着我时，眼神中还是透着怀疑、猜忌与仇恨。

我对文命说："你刚才应该杀了我的，在我化为人形之前杀了我，

那你就仍然能做你的英雄。"

"我知道……"

"但现在已经迟了，刚才你杀我是斩妖除魔，现在你再杀我，或许有人会认为你大义灭亲，但也有人会怪你不顾亲情。"

"我知道……"

"那你刚才为什么不动手？"

我听着他在那里喃喃着："在嵩山，我已经错了一回，怎么能再错第二回？"

我的嘴角朝上弯了弯——这个浑人，总算没浑透顶。但我还是要骂他："你的确错了，但不是错在嵩山的时候。你从一开始就不该瞒着我。夫妻一体，我们应该承担彼此的一切，而不是只把好处与对方分享，坏事自己一个人扛！再说，作为一个顶天立地的男人，为母亲报仇也应该光明正大，而不应该用什么阴谋诡计！"

文命听了这话，全身一震："可是，那是舜帝啊！是天下的共主啊！光明正大，我们报不了仇的。"

"那我们就一起死在报仇的路上，这样才不辜负一个治水英雄应有的气魄。"

文命的眼神瞬间清澈了，他的神情瞬间坚定了，本来绝望的脸上，突然露出了笑容："娇，你原谅我了？"

"我什么时候说原谅你了？"我拉下了脸，"但我既然已经和你成婚，你的母亲也就是我的母亲，我也要去为她讨个说法，因为这是我们应该一起承担的事。"

我抱着怀中渐渐冷却的伯翳，朝着天空，再度异化，我的绒毛生了出来，我的尾巴长了出来。

"白狐！九尾白狐！"禹台下有人呼喊。

狐之章拾·回心

我对祖神祈祷："祖神，请再赐予我力量吧，我要让伯翳，还有台下这些方死之人复活。"

"你做不到。台下死伤的是数十位族长与大祭司，牵连神州万族气运，影响天下千年走向，不是区区法术可以挽回的。"

我再次祈祷："这一次，我愿意倾尽我的神力，请祖神成全。"

祖神问我："为了一个男人？值得么？"

"不止是为了他。这祸是我闯下的，这罪是我造下的，我应该弥补这一切。请祖神成全。"

"我可以成全你，可是不够。"

"不够？那么，把我的生命也拿去吧！"

"还不够。"

我迟疑了一下，对祖神说："那么，就把我无始生以来，生生世世所积功德与福祉，连同我无尽生以后，生生世世将行之功德与善业，也一并押进去。"

"你确定？"

"我确定！"

我对着月亮，长长地狐啸，这一啸倾尽我忏悔后的决心。我听见那看不见的生灵在唱歌：

知错能改，
善莫大焉。
幽幽对月，
戚戚诉天。

受国不祥，

二一六

为天下主。

狐女狐女，

为华夏母。

月变得无比明亮，夜空之中落下无数缕白色的透明光华，又落下百数十个圆融融的光球。这些光华是月之精，那些光球是帝流浆。

沾上光华的伤者瞬间痊愈，吞入帝流浆的刚死之人也都复活。几十个人在为自己复活而错愕，几百个人在为亲人复活而狂喜。

我恢复了人形，捕捉到一颗帝流浆，将它送入伯翳的伤口中。残血倒流，伤口回合，心脏复苏，双眼睁开，伯翳勉强叫了一声："姐姐。"

我欣然揉着他的头颅："好了，好了，弟弟。"然后望向文命。

这时文命的眼神已经不再迷茫。他站了起来，说："我要去帝宫。"

我放下了伯翳，说："我和你一起去。"

"其实，我一个人去就……"

他看着我，大概是发现我黑了脸，就没把后面的话说下去。

"好吧，娇，这一回我们一起承担，我们一起去！"

他慢慢走下禹台，对着所有人说："大家刚才也都听到了风语，应该都猜到了我的身份。没错，我是鲧的儿子，我有部族，我也有姓氏，我是有熊氏姒文命！如果我的母亲真的是罪人，那我就是罪人之子。但我却不能接受这一点。她治水虽然失败了，但她是抱着救世的心来做这件事情的。就算她要负责后果，也不应该背负污名。所以我们夫妻俩现在要前往帝宫，请舜帝给我们一个说法。如果诸位要阻止我，就请出手，否则，请为我们让开一条道路。"

大逄一族首先让开了，然后是冯夷一族、枏阳一族、丹山一族、渤泽一族、招摇一族、阳朴一族、越骆一族、宪翼一族、英水一族……都

是在治水中受过文命救命大恩的部族——苦于水患三十年的天下万族，又有谁没有受过文命的恩惠呢？

许多人都让开了一条道路，但也并不是所有人就此让路，一些更加忠于舜帝的部族挺身挡路。他们说："不可能！舜帝是英明的，他不可能有错！"

而受文命恩惠很深的大逢一族，一直追随文命的玄鸟一族、麒麟一族则站了出来。姬弃说："舜帝英明，难道大禹就没有功业吗？"

双方剑拔弩张，一触即发。

这时皋陶伯伯站了出来："炎黄二帝建立的联盟内部，不能自相残杀！大禹要去找舜帝，是寻仇也是论理。最后他们谁有道理，我们就支持谁。"

双方犹豫着，最终在皋陶伯伯的斡旋下各自退开。文命不再耽搁，大踏步前行，我跟着文命，走向帝宫。

一路之上，帝丘所有的民众都围观着我们。风语吹过的地方，人们都听到了隐情，跟着猜测到了真相；风语没有吹过的地方，也早被传言所覆盖，所有人看着我们的眼神都变得很复杂，这里头有同情的成分，同时也对我们去找舜帝会演变出什么样的结局，会对天下造成什么样的影响，心中忐忑。

不过这一回，文命的脚步无比坚定，再没有一点纠结与犹豫。

帝宫大门敞开了，门前排成五阵，数百兵将面对我们严阵以待。英姿勃发的少祝融拦在了我们面前。他看着文命，眼睛如欲喷火："那天保护祝融村的那头熊，是你？"

"是。"

少祝融又问："在龙门山杀死我父亲的，也是你？"

听到这话，我就知道他要么也听见了风声，要么就是有人将风声中的内容告诉了他。

文命没有解释，照直回答："是。"

少祝融的声音冷得像冰，但那块冰下面却积蓄着火："杀我父亲，你我之仇不共戴天！但你救了源火，就是救了天下，也救了我祝融氏。"

"所以？"文命问。

少祝融用很大的力气，才能克制自己的情绪："所以，你我恩怨两清。我不会因此向你问仇，但我们也永远不可能做朋友。"

文命长长叹了一口气，我猜他对眼前这位少祝融大概很有好感。

"家仇父恨，这些是私事。"少祝融又说，"而保护舜帝，是我的职责。我不会放你们过去的，无论你们有什么理由！"

文命说："我不想伤及无辜。"

"我也不想。"少祝融下令，让他背后的兵将退开，"为了避免无谓的损伤，我只一人当关。你们赢了，我让你们去见舜帝；你们输了，就回去听候舜帝的发落。"

文命向我望来，我点了点头。

"好！"

周围所有人都退开了，无论是少祝融身后的兵将，还是我们身后的伯翳、子契他们。

文命挡在了我面前。

我怒问："你做什么！"

"打仗是男人的事。"

我冷笑："在我们青丘之国，可不是这么分的。"

我挥动双手，撒出的种子随风而去，随着我吟唱起青丘的巫曲，地面被植物撕裂，长出了荆棘，长出了林木，长出了食人花。荆棘朝少祝融的要害刺去，林木布成阵势向少祝融困去，食人花流着腐蚀金石的液体朝少祝融扑去。

少祝融手一举，一股可怕的烈焰如浪涛一般卷了过来，炙枯了所有近身的荆棘，点燃了成片的林木，烤焦了逼近的食人花，再火舌一吐，向我撩面而来。

文命大叫一声，全身长出了长长的鬣毛，覆盖了自己的皮肤。被鬣毛覆盖的肌肤刚强如黑金、如青铜，挡在了我面前，暂时承受住了炎流的逼炙。

我得了这个空隙，再次吟哦："水木清华兮……"

在我的吟哦声中，地面破裂，长出一株巨大的桃树。

"桃之夭夭……"

桃树大根部的疙瘩裂开，喷出巨大水柱，火焰被水柱浇熄，蒸腾成一片大雾。文命大吼着，在残留的焰火中步步前进。

我听见了伯翳的喝彩，也听见了七尾的欢呼。但她的欢呼只招来了少祝融的冷笑："区区青丘巫女，也敢犯我祝融之威！"

那些尚未完全熄灭的火种陡然飘浮，被一股力量引上了天空。

这时天还没亮，暗淡的夜空中却凭空生出无穷无尽的火焰，聚成一个超过百丈的巨型火球。少祝融驾驭双龙，飞上高空，进入火球核心，与巨大的火球融为一体。

帝宫附近，忽然变成了白昼，火球凝而不散，烧而不绝，慢慢移近，缓缓压下，就像天上的太阳逼近大地，让人产生无处可逃的恐怖感。

"是天火焚城啊！"我听到一个苍老的声音叫道，"快逃！"

是母亲？她怎么会来帝丘？她这么警告我，这是在关心我么？

母亲，你是听说文命成亲所以赶来的吗？

母亲，你还在牵挂着我吗？

母亲，所以……你其实还是爱着我的吗？

我心中此刻的无限欢喜，压过了对天火逼头的恐惧，脑际一片清明，也让我想到了对策，只是我的吟哦需要时间。

就在这时，文命再次发出吼叫。他化成了巨熊，双脚踏裂了地面，发动法天象地，变得如山峰般高大，头如金，肩如铜，把从天上压下来的巨大火球顶住了。大火烤焦了巨熊的毛发，却烧不坏他的身躯。

我左手持翳，右手握环，长长地吟唱了起来，跳起了《九代》之舞。月光无限飘落，云层合拢，叠成三层，将天火球困在中心，三层云海逐渐消解着天火烈焰；云层之间，雷电闪耀，天空变成了我的天空，雷电变成了我的植物。

闪电一闪一隐，如同长长的树枝，不停地探入火球深处，不停地逼近少祝融。

帝宫之外，无数族长、祭司在惊叹着，然而空中的少祝融，却仍然只是冷笑。

我听到伯翳唤我："姐姐小心，他还有神火！"

已被云海消解的天火球中央，一道纯青的炎流萌生了。炎流凝聚成飞龙形状，蹿向天空。

伯翳叫道："是神火燎天！"

纯青色的炎龙上下飞舞，三层云海被烧散，化成倾盆暴雨。雷电消解了，月光也失色了，连巨熊比金铜更刚硬的鬣毛都挡不住那青色火焰的燎炙。

巨熊的吼叫声中已经带着痛苦，然而当有火焰向我逼近时，他还是不管不顾地替我挡住了。

青色炎龙在巨熊身上每留下一条焦痕，我的心就是一痛——这是我的丈夫，怎容别人欺侮伤害！

自许下大誓愿以后，我就感觉自己灵体通透，此心痛之际，有一首以前不敢吟唱的巫歌也脱口而出："十日所浴兮，汤谷扶桑……"

　　一株大树在桃树的灰烬中破土，在灰烬中成长。它生向天际，迎向了空中的神火龙。草木都怕火，却不包括扶桑——这株连太阳也能挂住的神树，将靠近的火焰都变成了它的一颗颗果实。它植根帝丘，在天上开枝散叶，不但消解了所有的青色焰火，而且枝叶盘绕，将少祝融也困在了高空。

　　我听见母亲的惊呼："扶桑！这是扶桑啊！天地诸神啊！吾族神女，连扶桑都召出来了！"

　　母亲称我为"神女"，是她再次接受我了么？

　　许多族长与祭司也都在欢喜赞叹。

　　我朝着巨熊吐出再生气息，将它的伤痕瞬间修复。巨熊又一次发出吼叫，攀着扶桑，朝被困住的少祝融冲去。它的吼叫震荡百里，它的利爪裂石开山——那是连龙门山都能劈崩的怪力啊。少祝融所驾驭的二龙盘旋护主，却被熊爪一挥一条，摔出数十里外。

　　众所周知，祝融一族并不擅长近战。眼看巨熊已经逼近，伯翳、子契、姬弃他们都欢呼了起来："赢了，赢了！"

　　母亲、七尾也在欢叫："赢了，赢了！"

　　大逄一族等族长也跟着手舞足蹈："赢了，赢了！"

　　"你们高兴得太早了。"少祝融冷淡的声音从困住他的扶桑枝叶中传出。

　　我这次是真的心惊了——扶桑都出来了，我已技穷，若对方再有强招，那我也没办法了。

　　枝叶中分明没有火焰冒出来，但偏偏被点燃了，有一种看不见的火焰在燃烧着扶桑神树！

"这……这……"

母亲的声音，显得不可置信，眼前的一切超出了她的想象，也超出了我的——世界上还有连神树扶桑都能烧掉的火焰？我从来没听列祖列宗提起过！

"是冥火灭神。"皋陶伯伯在远处叫道，"文命，娇！你们快走吧。这是连姜和华都挡不住的冥火，你们会死的。"

姜和华？是撞倒不周山的那位共工氏么？

那看不见的火焰自上而下，把扶桑节节烧成灰烬，巨熊也掉了下来。它似乎沾上了一点冥火，在半空中就被夺走了化熊的神异，变回了文命，落在了我身边。

"不愧是自颛顼帝以来就一直守护着炎黄联盟的战神。"文命苦笑道。

我就这么眼睁睁地看着扶桑被不可见之火烧尽，然后那火焰又向我们逼来——我看不见火焰，但能够感受得到。

忽然，一双厚实的臂膀将我抱住——是文命！

冥火燃烧的时候，没有声音，没有焦臭，但文命背后的肌肤、血肉，就这么一点一点没有了！

我心头大痛，发动再生之力，但血肉的重生却远远赶不上冥火的吞噬。

"娇，"文命忍住剧痛不发一声呻吟，"我们输了，可我不能退！一步也不能！但你得活下去，为了我们的儿子。"

他忽然在我额头亲了亲，笑着说："这辈子能遇到你，真是我的幸运。"

然后我还来不及阻止，就已经被他扔了出去。

禹之章拾·问仇

把娇送走后，我松了一口气。

这时天似乎亮了，东方略白。我看了一眼最后的曙光，就被一股阴冷覆盖住了。

没错，冥火竟然是阴冷的。

它在缓缓地吞噬我的一切，先是我的皮肤，然后是我的血肉，最后那股凉意渗入了我的骨骼脏腑，以至于我觉得连灵魂都被渗入了凉意。

巨大的恐惧罩住了我的心，我知道我要死了。

就在这生死存亡之际，我看到一点白光在冥冥中闪亮起来。那光亮是一尾白色游鱼，它头部有一个黑点，就像一颗黑色的眼睛。

师父，是你么？

这时我已经说不出话来了，但游鱼游进了我的囟门。以前它只是默默地赋予我知识，给我教导与指引。这是有生以来第一次，我听到了他说话。

"害怕吗?"他问道。

"怕的。"对师父,我没什么可隐瞒的,何况正临近死亡。

"后悔吗?"师父又问。

后悔?我为什么要后悔!无论是为母亲申冤,还是向舜帝问仇,我都问心无愧——我为什么要后悔!

"我问的是,如果你在禹台上杀了九尾狐,那你就能顺利地迎娶帝女,然后顺利地登上帝位。取得权力之后,祝融氏也将听你号令,到那时候你想申冤就申冤,你想报仇就报仇。这么顺遂的一条道路,你为什么不选?"

一刹那间,我仿佛回到了禹台,回到了我制住九尾红狐的那一瞬间。师父的这一番话,不就是骧兜劝我的那一套么?

这个场景,一晃而过。

"你说得对,"我说,"如果我当时这么做,那么事情就不是现在这个样子了。"

"那么,你后悔么?"

我沉默。

"如果你后悔,我可以送你回去,让你再选一次。"

我惊了一惊,回到过去?师父连这也能办得到么?但我随即想起:和师父说了这么会儿的话,我怎么还没死?冥火怎么还没将我吞灭?我又发现,冥火对我的吞噬似乎停顿了——不只是冥火,世间的一切似乎都停滞了——是师父做的吗?如果他老人家能使时间停顿,那大概也能够让时间回流吧。

"怎么样?"师父再次问,"要回去再选一次吗?"

时间虽然暂时停滞,但我知道只要师父撤走他的力量,我马上就会被冥火吞噬。不回去重选一次,我就会死,但回去重选一次?

我怔了怔，却还是说："不了，不用了。"

"嗯？"

"就算再回去一次，我也不可能下杀手的。"

"当时做不到，现在你会死！"

我的眼前，仿佛再次看到了九尾的眼睛。我的确害怕死亡，但要我因此回去杀了阿娇，我做不到。

"对不起，师父，我要让你失望了。"我说，"我做不到。"

当我说出这句话时，师父忽然笑了，那不是嘲弄的笑，不是讥讽的笑，不是惋惜的笑，而是一种欣慰的笑——可是，师父他在欣慰什么？

他说："如果你真的选择回去，那我才是真的失望。"

师父又说："很多人平时也表现得很不错，但一到紧急关头就变了。你在生死之际还能坚持初衷，这就大不容易，比你治水成功还不容易。"

我还不大明白这番话的意思，就发现周围产生了变化。

时间再度流转，我却没再感到冥火烧身的痛苦。这时天将明未明，而当我睁大双眼，天地就陡然光明如同白昼；我一惊，双眼微合，天空就忽然整个暗淡下来。我因为惊讶而深吸了一口气，整个大地忽然冷风萧瑟，竟像到了冬天；我赶紧放松呼气，呼出的气形成一阵南风，地气回暖，变成了夏天。

——这是怎么回事？

我看不见自己此刻身体的模样，只听到皋陶在惊呼："烛龙！"

烛龙？那睁眼天地就是白天、闭眼天地就入黑夜的烛龙？那吹则为冬、呼则为夏的烛龙？

在禹台上，当我化出半龙之身时，我感觉自己能与天地之气相沟通，但现在，我觉得整个天地宇宙，已经是我的身体本身。

一盏烛火出现在我的口中。烛火耀处，九阴退散，冥火尽消，然后我也重新化为人身。

少祝融的脸上充满了惊讶，甚至敬畏。他后退了几步，犹豫着，忽然向我屈膝行礼。

我环视周围，诸族族长、祭司脸上也都带着肃穆。

"刚才……"骦兜在我体内诧异，"刚才发生了什么？"

"我好像化身烛龙了。"

"这怎么可能！"骦兜惊讶道，"烛龙是天地的本体，你还没登上帝位，怎么可能召唤它出来！"

我心里也存着疑惑，但现在不是深究原因的时候。我向妻子招了招手，她走了过来，眼神中也带着惊讶，却没多问，就与我并肩向宫内走去。

少祝融犹豫了一下，让了道。经过他时，我说："借你的吴刀一用。"他竟然也没有拒绝。

我听到背后有祭司提出疑问："禅让还没开始，舜帝还没退位，大禹怎么能召来创世龙神？这究竟是怎么回事！难道舜帝在宫中已经遇到不测了吗？"

皋陶安抚住了诸族，跟着率领其他三岳以及十几个部族的代表跟了上来。

没走多远，我们就望见一个憔悴的背影站在帝台高处。皋陶抢先几步走上去，确认一番后，朗声说："帝无恙。"众人松了口气，四岳才分别站在了舜帝的两旁，部族的代表们站在台下仰望着。

我握着娇的手，拾阶而上，走上了帝台，近距离地打量我的"仇人"。眼前的老人是如此虚弱，如此老迈，我已经见过他几回，但每次都觉得既熟悉，又陌生。

他向我招了招手，让我再走近一步："你的来意，我都已清楚。现在有什么要问的，你就尽管问吧。"

我看了娇一眼，她点了点头，我说："现在你已经知道我母亲是谁了？"

舜帝点头。

我又说："那她是怎么死的？"

舜帝道："当年她治水失败，尧帝命我彻查——是我查明结果，命祝融氏将她杀之于羽山。"

我本来还尽力让自己保持平和，但听他把杀害我母亲的事情说得这么轻巧，我的怒气一下子被点燃了："所以你还是认为你没错？"

"是的。"舜帝的声音很平静，"我还是那句话，鲧害了天下，她是罪有应得。"

我怒道："可她是为了救世！"

"心迹难知。"舜帝说，"刑律是我制定的，鲧行为失当，害了万民，所以论律当诛。"

在我怒火上冲时，一只手握住了我的手，我就知道了她的心意，她让我静心慢说。在妻子的安抚下，我平复了心情，说道："我出世的时候，母亲已经死了。所以她的心迹我本来也不可能知道。可她治水，我也治水。她失败了，我也曾面临失败。我们是母子，以心推心，我就可以想到她当年的心情。在龙门山最危险的时候，一想到天下或许会因为我的失误而遭受苦难，我就惶恐难安，当时我就想：万一治水失败，我情愿一死已谢天下！"

舜帝沉吟着："所以？"

"所以，"我说，"我想我母亲当时看到自己祸害了天下，虽被处死，亦无可怨恨，但以死赎罪之后，却还是被污为'罪人'，连她救世的本心也被淹没了——这难道也是应该的吗？老祝融说，当年治水失败，鲧尽力了，大家都知道，但是失败就是失败，人民的怒火必须有一个宣泄的地方！所以她必须死！她必须是一个罪人！现在我想问一句，陛下，你也是这样想的吗？"

舜帝道："我并没有这么想。"

"没有这么想？可老祝融却是这样做的。难道你要说他做的一切，你完全不知道？他这么做而你不加纠正，难道这不算是你纵容的结果吗？"

听到这里，四岳尽皆动容。西岳喝道："大禹，注意你说话的态度！没有证据不可妄议帝心。"

我心情激动，一时不能冷静。这时，我看到娇走上一步，行了一礼，缓缓地说："对就是对，错就是错。鲧治水失败，这是她的过。她有过，所以帝杀了她；但她也有冤，所以她的儿子要为她申冤。她的初心既是为了救世，纵然失败，但这番苦心也应该明白表于天下，让万族公议，而不是像现在这样，掩盖了她的初心，而只让天下知道她的败果，让她受尽世人唾骂——这不是公正的做法。陛下，你也说刑律是你制定的，难道五律的订立，不是本着'公正'二字吗？还是说，五律的制定只是陛下铲除异己的手段？"

舜帝向我们夫妇深深地看过来。他本来是一个虚弱的老人，可在那一瞬间，我竟有一种被巨龙压在头顶的压迫感——那不是幻觉，而是真实的气势感应，因为我听见娇的呼吸都已经急促起来了。我心里一惊，再怎么年长，他也还是帝！

附身在我体内的骧兜已经在瑟瑟颤抖，娇也摇摇欲退。我握住了她的手，挺了挺胸膛，反而向前踏出半步，维持住了不屈的姿势。

舜帝逼视着我们，良久，忽然说："你们真是大胆！姒文命，你这样逼迫我，是不想要禅让了吗？你不想登上帝位了吗？"

"你可以不将帝位禅让给我，"我深呼吸着说，"但我不能不讨回这个公道。"

舜帝盯着我，眼帘微微下垂。我听到驩兜在我体内颤声惊惶："他要动手了，他要动手了！"在外头一说起对付舜帝，数他跳得最欢，但真正面对舜帝，他就怕得厉害。

我也有些忐忑，母亲的过失是证据确凿，而母亲的心迹却只是我的推想，他要抵赖也不是不行。如果他真的如驩兜一般险恶，那要杀我也不会找不到理由！

可就在我已做好最坏打算时，舜帝的眼神却柔和了下来。他叹了一口气，竟然说："你们夫妻俩说得对。这件事情，应该是我错了。"

我错愕起来，尽管我们此次就是为讨公道而来的，可也没想到帝真的会在帝台之上，当着四岳与诸族代表的面亲口认错。

台下的族长们面面相觑，四岳脸上也都是不可思议的神色。驩兜目瞪口呆："他……他是老糊涂了吗？"

我还没回过神来，就听舜帝说："鲧以息壤堵塞江河，治水失当，论律当诛，但我任由百姓宣泄他们的怒火，以至于掩盖了她的初心，这对鲧来说也是不公的。而我不能纠正百姓的偏颇，反而是去顺应这种情绪，是我身为帝者的失职。我当向你母亲谢罪，向天下认错。"

这轻轻几句话说出来，却让我内心思潮翻涌。千里之外，羽渊气息翻涌，那股黑气长笑一声，化作了虚无。

舜帝目视我，说道："如果你要替你母亲报仇的话，现在可以过来了。"

四岳大惊："陛下，不可！"

驩兜则在我体内大叫："快上，快上！杀了他！"

我抬头望天，这时曙色初布，今天的太阳不是很耀眼，所以月亮也没完全退去，所以日月同天。我遥感着羽山方向，母亲的怨气却已经感应不到了。

母亲，你已经放下了吗？

我拔出了吴刀，是它杀死母亲，也剖生了我，现在被我高高举起，对着舜帝一斩。

四岳都惊呼起来，皋陶叫道："不可……"

铿锵一声，吴刀落在舜帝的微影上。四岳皆愕然，皋陶忽然一笑："好，好！斩得好！"

我看向娇，娇也对我点头，低声说："你做得对。"

驩兜却失控了，本来一直潜伏不敢冒头的他，竟然脱体而出，在微弱的日光月华中怒吼。舜帝微微一眯，四岳也都讶异："驩兜？"

"你为什么不杀他，为什么不杀他！"驩兜朝我咆哮。

"因为我母亲的怨恨已经消释了，"我说，"而我刚才这一刀，也已经把仇报了。"

驩兜大吼着："她的怨气消了，可我还没有！你不杀他，我来杀！"

他聚拢怨气，朝着舜帝冲去。天上日月同耀，凝成两尾勾玉，一白一黑，一阴一阳，白鱼黑眼，黑鱼白眼。双鱼游近驩兜，将他困住。

舜帝说："流放三十年，你还是没有想明白。"阴阳双鱼交汇形成太极，将驩兜的怨念化为无形。

双鱼再分，汇入舜帝眼内，形成双瞳。

我怔怔望过去，再看舜帝，心情变得无比复杂："你……你……黑勾玉是你，白勾玉也是你？那么当初阻止吴刀杀我，养我、育我、教导我、指引我的，也都是你？"

舜帝颔首。

"那你为什么不告诉我？"

"你母亲有过，但遗子何辜？我自然不能坐视你被害。养育、教导你，

一开始只是出于一念之仁，但你长大后竟能做出如许大事业，却是出乎我意料之外。"舜帝微微含笑："至于后来，我故意瞒着你，却是不想干扰你的选择。我想看看你面对各种诱惑与危险会怎么做，结果你并未让我失望。"

他说着，朝我招了招手。我走了过去。舜帝说："我一生邀名誉无数，然亦有过。天子之过，如日月在天，纵然偶有云层遮蔽，终究不能长掩，因此我也不敢遮掩己过。有过必改，望你今后亦如是。"

我低了头，顺势单膝跪下，道："是。"

"善！"舜帝手摩我顶，"你为治水，公而忘私；对待朋友，为义舍命；对待妻子，不离不弃；对待恩仇，有节有度。愿你终此一生，能持此心，以待天下，以待万民。"

原来我的所作所为，他全都看在眼里。听到这里，我的喉头有些哽咽，说不出话来。四岳却齐齐大声道："大善！"

只听舜帝说："我已老，今日传位于你。当年尧帝禅让时，有四字传我，我居天子之位数十年，增益之为十六字，今日传你，你须细听。"

一时间帝台风止，我躬着身，听舜帝一字字道："人心唯危，道心唯微，唯精唯一，允执厥中！"

十六字传毕，天地大和顺，日月大光明，万物皆染春，四岳齐赞叹。

我觉得肩头变得沉甸甸的，因为知道自己接过的不是权力和荣耀，而是炎黄文明的火种，天下百姓的重任。

春天不知不觉又到了，我和娇从帝宫出来，伯翳、子契、七尾……他们全都春风满面，姬弃抱着启儿也欢天喜地地走过来。

我欢喜地要接过儿子时，一双手抢先一步接过去了——是娇。

她抚摸着儿子的头亲了亲，说："孩子，孩子，娘想死你了。好了，都好了，咱们回家吧。"

"对，对，"我说，"咱们回家。"

娇瞪了我一眼："谁跟你咱们？我们娘俩要回的是青丘。"

我呆住了："娇，你是怎么了？你不是原谅我了吗？"

"谁原谅你了？"娇黑着脸说。

"那你还不顾生死跟我闯帝宫？"

"我跟你闯帝宫，是全了一场夫妻之义。但我对你这浑人早没意思了。以后你走你的路，我过我的桥。你做你的平原天子，我做我的青丘女神。你要娶一个老婆还是两个老婆，都和我无关。"

她说完，抱了孩子就走了。

我瞪大了眼睛："这……这是怎么回事？"在帝台上，娇多识大体，怎么一出来就变脸了？最难的时候都已经过去了，她怎么反而跟我别扭上了？

子契咳嗽一下，低声说："她们女人就是这样的啦。"

"啊？是这样吗？"

"当然啊，"子契低声说，"迎娶帝女的事，大嫂心里肯定还有疙瘩，所以这口气啊，得让她顺下去。"

姬弃吐了吐舌头："这么麻烦啊！大哥都成天子了！"

"天子又怎么样，"子契嗤了一声，"天子就不用给老婆顺气了？"

"那现在怎么办？"我问。

"还能怎么办？快追啊！"

【全文完】

禹之章拾·问仇

番外·过三关

六月的涂山，是青丘最为绿意浓烈的时候。满山野全是化不开的绿，大片的芳草，连绵的翠芽，盖顶的青叶，青的气息袭击山脚下的三个人。

一个青年用力吸了吸鼻子，略带嫌弃地说道："一股浓浓的狐狸味。"

旁边身上长着翅膀的青年用翅膀扇了他一下，说道："姬弃你这么说，大嫂和七尾也是一身的狐狸味咯。"

吸鼻子的青年缩了缩脖子，看着为首的男子，抿了一下嘴道："我可不敢。"

为首的男子只是轻轻地道了一声"别闹"，身上尽是帝君的威严。

这三人便是禹、子契和姬弃。

自从闯帝宫一役之后，姒文命受到了舜帝的禅让，成为天下共主，得帝号为"大禹"。子契和姬弃为了辅佐禹，继续留在了禹的身边。

三人这次来到帝丘，是为了让禹劝回他自己的妻子——那只曾经逆行四象、聚拢五行的红狐；那个曾经领导青丘、拯救万民的神女——涂山娇。

在登上帝位之前，禹为了自己的复仇，假意娶帝女，逼走涂山娇，使得涂山娇在嵩山石化，怒而化为红狐，大闹禹和帝女的婚礼。

虽然在婚礼上两人误会冰释，但是涂山娇并没有就此原谅禹，而是带着他们的孩子启，回到自己的娘家——青丘涂山。

"伯翳那个小子真是不地道，这种时候都不来帮忙。"姬弃埋怨道。

"伯翳说他有事，让老大加油。"子契转告了伯翳的话。

姬弃口中的伯翳，是前任司空皋陶的儿子。他运用自己的知识，丈量天下土地，在治水的时候帮了大忙，和他们也结下了深厚的友谊，亲如兄弟。此时没有前来帮忙，确实有点说不过去。

"走吧。"

禹闭着眼回了一下神，抬步便向山上走去。

只是他们没走两步，便见一个脸上还没有褪去婴儿肥的青年向他们快步走来。

"伯翳？！"姬弃惊喜道，"我们刚说你小子怎么这么不讲义气，你就来了。你果然是好兄弟。"姬弃把手环过了伯翳的肩膀。

没想到伯翳却是拨开了姬弃的手："哎，你们别想着我会来帮你们啊，而且，听姐姐的意思，你们要上山，还得过我这一关。"

"嗯？这是什么意思？"

"姐姐说，当初这么容易就跟着你下山了，你们这些臭男人果然是不懂得珍惜，必须要让你们吃点苦头，不然你们还以为那么容易就能得到我们青丘神女的青睐。"

是了——禹想起来，伯翳在帮助他们之前，也是经过娇的一番劝说才来的，自然是跟娇亲一些，所以此时他们没有作为兄弟跟着上山，反倒是帮着姐妹们到山下拦人来了。

伯翳一转身，露出了自己的真身，雀头鹿身，蛇尾豹纹，背生双翼，挡在几人身前。

"你们可别想着硬闯过去，只能乖乖完成我出的题，不然，姐姐是不会跟你们回去的。"

娇可真是……他大禹可是天下共主，但是要上这青丘涂山，也还真不容易。

"伯翳，你出题吧。"禹对着伯翳点头，认同了涂山娇的做法——谁让自己当初气走了这个妻子呢。

伯翳展开翅膀，用力一扇，草地上凭空飞出了许多龟甲和骨片，这些龟甲、骨片上面还有不同的裂纹和内容。

"这些就是我这一次跟着你们去治水的成果——《山海图》。我姐姐的丈夫，一定要是个能力特别出众的人，但这一次我也不难为你们，就考对于治理天下的基本能力。只要你们能把这些打乱的山海图按照天下的情况整理好，就算过关。"

禹蹲下来看着一地的龟甲、骨片，用手翻了翻。这些龟甲、骨片除了有各个部族的山河走势之外，还有一些奇花异草和珍禽猛兽，看得出来，伯翳确实是费了很大的心血，是他的骄傲。

虽然伯翳学识广博，但是禹既然能成为天下共主，一代帝君，除了勇气、胆识、机智以外，见识和记忆力也是非同凡响。

"姑射山、南姑射山……这些都是东山系的图谱……"

"白蛇、飞蛇……是中山系柴桑之山的异兽……"

"祝馀、迷谷，乃是南山系之首鹊山的奇花……"

禹迅速地整理出一个又一个山系的图谱，偶有错漏，旁边的姬弃和子契都会帮忙提醒。这些山系地理，都是他们几个人在治水的时候用脚步一一走过的地方。每个地方都有属于他们自己的故事，印象深刻，难以忘记。

伯翳丝毫不怀疑禹能整理出所有的图谱，但是禹的速度依然快得让他惊讶。按照伯翳的估计，要整理出这些图谱，如果不是他自己，怎么也得花上一两个时辰，现在看来，禹半个时辰就可以整理好了。

结果，禹只用了三刻钟，就已经把所有的山系按照东西走向排列好，各种奇花异兽也各有归类，无一错漏。

这惊掉了伯翳的下巴——这速度已经足以和伯翳自己整理比肩了，而且这还是伯翳自己的图谱。

"我当然没你那么聪明，"似乎看出了伯翳的想法，大禹说，"但是这些地图，全都是我双脚走过的路；这些物产，全都是我亲眼见过的东西；这些神话，全都是我亲耳听过的故事。治水的这些年我全都牢牢记在心里，所以你考不倒我的。"

"嘿嘿，你小子没话说了吧。"姬弃骄傲得好像是他自己整理出来的一样，又用手搂着伯翳的肩膀。

"去去去，又不是你的能耐，你就在旁边提两句嘴，作用还不如子契呢。"伯翳一把拍开姬弃的手，向着禹道，"姐夫，我们上去吧。"

伯翳在前面带路，四个人往山上进发。根据伯翳的说法，涂山娇现在在涂山之巅。在那里，涂山娇曾经断掉了自己的尾巴，如今还在那个地方，找回自己的神力，彻底养伤。

原本是青色一片的涂山之巅，因为涂山娇神力的作用，如今还是维持着一片白雪皑皑——当初是如何断掉尾巴的，现在就要如何把神力再净化回来。

寒风如刀，逼得四人要使用法力才能抵挡寒冷对自己的伤害。

"你们几个，站住！"一个青嫩的女声在他们面前响起。

是娇的妹妹，七尾涂山妭。

"七尾啊，你也是来给我们出题的吗？这次要考什么？"禹开口询问。他知道自己的妻子并不会这么容易就放自己过去。

"我们青丘涂山氏可没有那么多花花肠子。"七尾说着对伯翳白了一眼，"我们的考验很简单，不是什么出题考治理天下的。"

"那是……"

"在前面，有一座冰雪雕成的刀山，通过刀山之后，自然就能到迎亲的大堂了。"

"上刀山！"姬弃惊呼出来。

确实不是什么花花肠子，而是非常直接。

"当初姐姐为你褪去九尾，受了多少痛楚？你劈石取子的时候有没有想过姐姐？我们当然要你尝尝这种痛！哼！"

涂山娇当初身为青丘神女，为了和自己钟情的男子在一起，不仅没有按照涂山的习俗让禹入赘，还放弃了神女的身份，受了莫大的苦楚褪尾下山。如今要禹来尝试这种痛，当然十分合理。

"行，我去。"

这上刀山一关只有禹一个人需要面对，之前姬弃和子契还能稍微帮上一点忙，现在他们就是想帮也帮不上了。漫天的风雪是涂山娇神力的影响，他们没有办法破解，就算他们破解了，到时候涂山娇不认账，老大依然不能抱得美人归。

禹向上看去，这一座冰制的刀山高约十丈，底下能攀附的地方都是伸出来的冰刺，越往上，冰刺越锋利，甚至在最后的一段，会有真正的冰刀延伸而出，锋利的刀锋足以吹毛断发。再往上，是一座巍峨的青色神宫，应该就是七尾所说的迎亲大堂。

禹挽了一下袖子，就开始向上攀爬，脚上的兽皮靴子勉强能帮他增加一点阻力。这双靴子是启出生之前，涂山娇给他做的，虽然粗糙，却也十分温暖。因为禹的心里一直只有涂山娇这个妻子，所以即使他后来当上了司空，成为了帝君，身上的衣饰也没有换过一件。

"老大小心！"子契忍不住出声提醒。

禹越爬越高，风雪也渐渐强烈起来，站在刀山底下的三人已经看不到禹的身影了，只有偶尔掉下的血滴在提醒着他们，禹已经到了最后的冲刺阶段了。

最后一段的冰刀十分锋利，纵使禹治理天下洪水，走遍千山，皮糙肉厚，也还是不得不被这些刀锋划伤。所幸禹的力量足够，还能牵引着自己的身体向上爬，只可惜脚上的鞋已经全破了。

禹丝毫没有觉得这是涂山娇对他的刁难，反倒让他想起：当初涂山娇为了下山嫁他，到底是受了多大的痛楚才断去自己的尾巴？

那种痛苦，真不是普通人能够忍耐的，是皮肉一块块地被剥掉，是骨头一点点地被敲断！

这种痛楚，切实地反映到了禹身上。

等到禹爬到顶的时候，姬弃他们早已飞到大堂等着了。

大堂其实是九尾狐一族祖神的神宫。当初涂山娇断尾，把九尾灵力还给祖神，又祈求祖神让她化成红狐，如今要养伤，自然是在这神宫之中。

神宫巍峨，只有进门一阶大殿。大殿前端雪白，象征着一直守护青丘一族的洁白无瑕的灵力；往深处变红，那是九尾一族在莫大怨恨的时候才能取得的，蒙蔽双眼的毁灭性神力。在这红色的尽头，那是涂山娇的闺房，隐藏在一片青藤门后。

禹身上的刀伤流出了一滴又一滴的血，染红大堂前的台阶。在大堂之外，有祖神之力的护佑，风雪已经退去，又换上了青丘独有的绿色。

禹刚想抬步，却又被七尾阻挡。

"哎哎哎，虽然你到了这里，但这毕竟是婚嫁大事，所以还有最后一个仪式，就是让你跨一下火盆，除一下邪祟。"

"有道理，火盆呢？"

七尾一招手，从大堂到青藤门的一条步道瞬间被熊熊烈火包围。

"这是火盆？这是火海吧？！"

姬弃和子契想出面理论，但是七尾一句话就把他们顶了回去。

"这是你们老大自己同意的，也是我们姐姐的意思，不想跨可以回去。"

青丘涂山氏不愧是一个母系氏族，面对天下共主气势丝毫不弱，让上刀山就得上刀山，让下火海就得下火海。

不过相对于刀山，火海还好对付。

禹一直以来都是靠自己的聪明才智和身体素质行事，而现在，他运起了自己的神力。

双脚化黄熊。

冲！

禹顶着一双熊腿冲进火道，猛地向着青藤门冲刺。

这些小困难算什么，今天一定要见到自己的妻子！

烈火"噼啪"作响，火灵爆裂而出。大禹那凡火不能毁伤的熊腿，也被烧得皮毛卷曲，血肉外露，活脱脱是两只烧熊掌。

从大堂走到房门，纵使禹双脚化了黄熊，脚底依然传来一阵阵烧焦了的肉香。

"娇，开门。"

缠绕在房门上的树藤一点一点地挪开，露出一个足以通过的门洞。

等待已久的涂山娇正坐在那张陪伴她从小长大的床上，穿着火红的嫁衣。嫁衣如火，映衬涂山九尾的刚烈；美人如画，面露青丘神女的威严。

见到涂山娇那一刻，禹再也不是那个君临天下的禹，他只是涂山娇的丈夫，一个深爱着涂山娇的男人。

禹把熊腿化回人腿，一边搓着脚板一边跳向涂山娇。

"三关我都过了，娇，我们回家。"禹把手伸向涂山娇。

涂山娇一掌把禹的手打开。

禹笑嘻嘻地把手收回去："我尊贵的神女大人，请？"

面对涂山娇，禹一点办法都没有。

涂山娇却不为所动，只是端坐在床上，脸上带着一点抱歉："回禀中原天子，奴家走不了。"

"走不了？为什么？"

涂山娇的脸上泛起红晕。

"鞋子找不着了。"

围在房门口的姐妹们都笑出了声，七尾十分不顾形象地笑到失声。

禹突然感到一阵头晕，为了要追回自己的妻子，来之前让伯翳算好了良辰吉日，吉时动身，可前面又是整理天下山河，又是上刀山、下火海，三关都过了，现在居然只是因为鞋子不见了就走不了了？！

荒唐！

只不过……涂山娇的脚上确实是没有鞋子，光着的玉足缩在了嫁衣之下，若隐若现。

那能怎么办？

找呗！

过来接亲的三个人开始在涂山娇的闺房里翻箱倒柜，简直跟要拆了这座房子似的。只是这么一番寻找，那双鞋子依旧不见踪影。

"老大。"子契悄悄凑到禹的耳边，"我刚刚找伯翳打听了一下，大嫂她……"

"她怎么了？"

"大嫂她根本就没有准备鞋子。"

这一刹那，禹突然觉得有点头疼——没有准备鞋子？这是什么意思？不想跟自己回去？但是看涂山娇的神态，却又不像，如果不跟他回去，直接拒绝他就好了，何必这么戏耍自己一番。

禹的大脑在飞速地旋转……加油，禹，你一定能够想出办法来。

"不用找了！"禹大喝一声。

还在装装样子的子契和姬弃都停下了手来——不找？难道大哥打算不娶了？

禹直起身来，露出一副君王的气势。

"我乃天下共主，四海皆是我的臣土，我们即以天为冠，以地为履。请了，我的夫人。"

涂山娇一心只是想考验一下禹，但是没有想到禹却会交出这样的答案，心中对禹竖起了一个大拇指，脸上却是娇嗔了一下："外面还有大风雪，你就忍心我这样走出去？"

禹愣了一下，随即大笑三声，转身向前，把涂山娇拦腰抱起："我就这样把你抱回去。"

涂山娇的脸上泛起浓浓的红晕，这还那么多人看着呢。

"爹爹，爹爹，我也要抱！"一个稚嫩的声音从脚下传来。

晕，一心想着要接娇，把自己的儿子启给忘了。

看着扯着自己裤腿的启，禹也没有放手把涂山娇放下来，而是让子契把启放到自己的肩膀上。

"爹爹要抱着你娘亲，你就骑着爹爹的肩膀回去吧。"

大堂内外响起了层层笑声。所有人都走了出来，齐声恭喜。

涂山娇被大禹抱在怀里，伸手戳了戳他的脸说："本来不想跟你这臭男人过日子了，但看你肯为我刀山火海过三关，我就再给你一个机会吧。"

众人齐声大笑，皆大欢喜。后来各族各部听到这个传闻，纷纷效仿。自此男子娶媳妇、新郎迎亲时，要过三关、找鞋子，遂成华夏许多地方的婚俗，流传四千年延绵不息。

【番外完】